パンデミックの文明論

ヤマザキマリ・中野信子

文春新書

1276

パンデミックの文明論 ◎ 目次

《対談のはじめに》

ヤマザキ　中野さんとは、これまでにテレビで共演したり、雑誌で対談もしましたが、新型コロナで引きこもり生活の間、LINEでやりとりをしていたら話題がどんどんディープになってしまって、これはどこかで、ソーシャル・ディスタンスを保ちつつ、お会いして喋《しゃべ》った方がいいんじゃないかという話になったんでしたよね。

中野　こんなご時世だから直接お会いするわけにもいきませんけど、マリさんとお話ししているうちに、感染症に俄然興味がわいてきたんです。現代はワクチンや抗生物質ができているので、正直なところパンデミックというのは過去の事件であって、現代においては容易にコントロールできるもののはずだとどこかで思いこんでいたんですよね。それが、いわゆる先進国であり、公衆衛生に対する意識もそう低くはないはずの国々でも、瞬く間に感染が拡大していきました。信じられないような思いでした。

　そんなときにマリさんから古代ローマ帝国の弱体化にも感染症が影響していたことを教えていただいて、すごく印象的だったんです。

ヤマザキ　私たちは電話をしても、「今日はこんなご飯を食べました」なんて話はしないですよね。ほぼ古今東西の人間や社会についての分析ばかり（笑）。ＮＨＫとかテレビ番組でも百年前のスペイン風邪については特集を組んだりしていましたけど、さすがに古代ローマ帝国の頃に大流行したペストや天然痘の話を真剣にしたくなる人は、そうそんじょそこらにはいない。

中野　私たち二人だけのプライベートなおしゃべりで終わらせてしまうのは惜しいですねと、それで急遽《きゅうきょ》、改めて対談をして一冊にできないかと思い立ったわけです。

古代ローマの話はもちろんですが、マリさんはイタリア人のご主人とご結婚されているから、日本と行ったり来たり。今回の新型コロナに対するイタリアの方々の反応と、私たち日本人の感覚がまるで違うと聞いて、それもとても興味深く感じました。

それで、歴史という縦軸と、日本とヨーロッパという地域の横軸を掛け合わせて感染症を語ってみたら、文明史的な観点から現在という時を俯瞰《ふかん》する面白い議論ができ、きっと多くの人の思考に役に立ててもらえる本ができるだろうなと思ったんです。

ヤマザキ　イタリア人にとって感染症やパンデミックというものは、例えば一四世紀の黒死病という呪われた過去や前世紀のスペイン風邪が頭をよぎるわけですよ。うちの夫の親族もスペイン風邪で亡くなってますが、そんな彼らからすれば、街をロックダウン（都市封鎖）もせずに自粛要請だけの日本の対応は全然理解できないわけです。イタリアではまだそれほど感染者が多くない時からSNSなどでも、皆「スト・ア・カーサ！（私は、家にいます！）」と宣言する自分の動画を拡散してました。

私が日本に帰ってきていたこともあって、夫と電話すると衝突の連続。今回ほど国際結婚がどんなに大変なものか思い知らされたことはありませんよ。

中野　国際結婚でなくても夫婦で意見が分かれて、大変になった人たちも多いようですよ。イタリア人から見れば日本は感染症対策があまいのに、「自粛警察」という怖い人たちが出没したり、一方のイタリア人は日本では定着しているマスクを全然しようとしなかったり、不思議なことも多かったですね。

ヤマザキ　そのあたりも含めて、まずは話し始めてみましょうか。

中野　はい、そうですね。ちなみに、緊急事態宣言が解除されたばかりなので、感染予防の観点から、この対談はオンラインで行いました。

二〇二〇年六月

第1章　コロナでわかった世界各国「パンツの色」

コロナをめぐって離婚危機

ヤマザキ　私、今回は本当に夫と離婚するかと思ってしまいました。

中野　マリさんのところがですか？

ヤマザキ　うちは夫がイタリア人で、いつもなら私は日本とイタリアを往復して暮らしているんですが、新型コロナ騒ぎが発生して二月からイタリアに戻れなくなりました。なのでネット電話で日々イタリアとやりとりしているわけですけど、日本で仕入れた情報を、夫や親族やイタリアの友人に伝えても、全く話が合わないわけですよ。こんなに流行する前、フェイスブックなんかで新型コロナへの不安を吐露《とろ》すると、結構教養や知識のある日本の友人から「大騒ぎする必要はない、これはインフルエンザや風邪と同じだ」というコメントが入ってくる。なので、イタリア人にも「日本では風邪やインフルエンザと同じだと言われてるし、むやみに騒ぐ必要はない」というようなことを言うと、「お前、いったい何をバカ言ってるんだ。緊張感無さすぎて、そんなこと言ってると死ぬぞ！」と、テンションや危機感がまるで違う。日々、コロナをめぐる情報が錯綜して混乱する中で、いろいろと衝突したわけですよ。

中野　十四歳年下のご主人ペッピーノさんとは、古代ローマ皇帝のことを語り明かしたのが馴れ初めだって、これは有名なエピソードですけど、そんなご主人とも離婚の危機だったとは、コロナ恐るべしですね。

ヤマザキ　ま、離婚は大げさにしても、この件をめぐっては何度も険悪なことになりました。イタリアでは二月二十日に最初の新型コロナの感染者が発表になったとき、不安な人たちが一斉に病院に押しかけてPCR検査をしたわけですよ。グラフで確認すると、二月二十四日の時点で検査数が四千三百件、その三日後には一万七千件で陽性率が三〇％になっている。イタリアには私の知る限り、不安を覚えたらすぐに払拭したいという傾向の人が多いですから、陽性率が三〇％で三人に一人は感染しているかも、なんて報道があれば、じっとしていられないでしょう。夫から「で、日本の検査数と陽性率はどうなってるの」と聞かれても、二月は検査数が全体合わせて約二千五百件というレベルでしたから「おかしいだろ、それ。しかも日本はなぜ陽性率を報告しないのさ！」という具合。

中野　実際イタリアでは、初期に大規模なPCR検査を行ったことで、不安を感じた人々が病院に殺到して、医療崩壊が起きてしまいましたよね。

ヤマザキ　夫は日本のPCR検査の少なさを疑問視していましたが、私は逆に「医療崩壊することが目に見えているのに、一斉検査なんて無謀過ぎる」と意見していました。だって、イタリアの医療に関する問題は今に始まったことではありません。過去にEUが求めた財政緊縮策として医療費を削減し、ここ五年で七百五十以上の医療機関が閉鎖されています。

また、ロックダウンなんてことをしたら、観光に大きく依存しているイタリアの経済は死んでしまいます。そういった弊害は考えていないのかと問えば、「経済は生き延びている人間がいればなんとかなる、歴史上でもそうだった。お金と人命、どっちが大事なの？」と返されました。「人命が大事って言うけれど、リーマンショックのとき日本では不景気で三万人以上も自殺したのよ」と反論しても、貧困が苦となって人が自殺することにリアリティが感じられないらしい。自殺を罪とするキリスト教の倫理観とともに生きている人たちと、日本みたいな国とで、対策が同じにならないのは当然なんですよ。イタリアだけではなく危機管理は国によってまったく違う。自分たち日本人の考える対策をスタンダードと捉えて、他国と比較をする無意味さを痛感しました。

中野　人々の生き方も考え方も、社会や時代背景も、国によってまったく違いますものね。

ヤマザキ　もちろん個人差はあるのですが、少なくとも私の周りのイタリアの人は、インフルエンザや風邪などの感染症に対して神経質な人が多いように思います。例えば、私の義母は毎年インフルエンザの流行にいち早く備えようとして、流行の兆《きざ》しが見えると家族分のワクチンを薬局から調達してきて、「備えあれば憂いなし」と家族に打ってしまいます。イタリアでは薬局でワクチンが買えるんです。幼児期の予防接種も、皆ワクチンをそれぞれ薬局で買い求めて、注射のできる人に打ってもらう。信じられないようですが、私の子供もそうやって予防接種を受けてきました。

以前、義母に「マリも打っておいたほうがいい」と言われたので、「いえ、私はマスクで対処します」と拒否したにもかかわらず、「そんなものでインフルエンザを阻止できると思うな！」と隙を狙って注射器で腕をブスッと刺されたことがありました。「あんたが感染すると皆にうつすことになるんだよ！」と怒られて。

中野　勝手に打っちゃうんだ。それはすごいなあ。

ヤマザキ　容易に毒殺されかねない（笑）。イタリア人は、感染症やウイルスへの対処法や考え方が日本人とは違うんですよ。彼らは疫病が流行《はや》るかもしれないと不安を抱くと、「根こそぎ水際大作戦」で、早期の段階で徹底的に元から断とうとする傾向がある。

中野　だから医療崩壊必至とわかっていても、ＰＣＲの大規模検査を進めざるを得なかったわけですね。

ヤマザキ　彼らには、どんな不安でも芽吹けばすぐに摘《つ》むという性質がありますね。怒りは溜め込まないし、我慢や辛抱は心身にとって毒だと考えるから、決してしない。たぶん今回も、そういった心理が潜在意識の中で働いたのだと思います。ただ、その作戦が成功したかどうかは別問題で、早くに病院が入院者で一杯になり、ＩＣＵどころか病床にもつけず、ましてや人工呼吸器など目にすることもなく亡くなる高齢者が多数いました。また、コロナが原因で亡くなっても、検査もされないまま納棺されてしまった人が、ロンバルディア州だけでも二万人を超えたということがわかってきた。七月になってこの件に関して遺族による集団訴訟が起こされることになったようですが、イタリアの報道はそういった失敗点も問題点も赤裸々に伝えます。それも不安や不透明感を徹底的に嫌う国民の気質を反映していると言えますね。

洟ハンカチで感染拡大!?

ヤマザキ　十代半ばでイタリアに留学しはじめたころ、彼らがハンカチで洟《はな》をかんでいるのを見て衝撃を受けました。あまりにびっくりしたので、後に漫画にも描いてしまいましたが。

中野　そういえばヨーロッパでは、洟をかむのにハンカチを使う人が多いですよね。日本人からすると、かなり抵抗がありますけど。

ヤマザキ　夫など、私が洟をすすっていると、ほらこれでかみなよ、とズボンのポケットから自分の使用したハンカチを差し出したりする。イタリアなど欧州では洟をすする方がNG。「日本では偉そうな紳士が平気で洟をすすっているが、あれは絶対やってはいけないマナーだ」と教えられました。で、「洟をすするより、この方がいいよ」って、自分のかんだハンカチを寄越すけれども、そっちの方が不衛生だろうって。

中野　自分の洟のついたハンカチを人に使わせるのは初めて聞きました（笑）。フランスでは「ムショワール」という鼻紙を使います。日本の柔らかいティッシュとは違って、もう少し分厚くて素材のいい紙。それを何回もくり返し使うの。ちょっとゴワゴワしてるので、鼻がヒリヒリしてくる。

ヤマザキ　ああ、あれね。使ったらまたポケットに戻すから、ハンカチがわりみたいなもので、私もそれ普通にやってたな。乾いているところを探して、使用範囲がどんどん隅っこのほうになっていく（笑）。あのような洟のかみかたが習慣化しているわけだから、悪いけど、そりゃあCOVID－19（新型コロナウイルス感染症）だって蔓延《まんえん》するよな、と思いました。洟かんだハンカチをポケットに突っ込んで、その手で人やら物やら触ってるわけだから。イタリアでの感染者拡大の要因として洟ハンカチの可能性は大きい、ということを、ここでこっそり断言しておきます。でも夫にそのことを伝えたら「俺たちを不潔な人間扱いするな、そっちだって人前でズルズル洟をすするくせに」と怒られました。

二月十日に仕事でミラノに入ったんですが、まだイタリアで感染者は見つかっていない時期だったのに、入管のところに白い防護服の人が立っていて、みんなに体温計を当てていましたよ。そのせいで空港出るまで二時間くらいかかって、ドイツ人なんか「おいおい、イタリア人は大げさだな」って顔で呆れてました。疫病発生の不安が生じたら、イタリア人は「根こそぎ水際大作戦」なんです。

中野　日本人の反応とは相当違いますね。やっぱりイタリア人って、ドーパミンの動態が日本人とは違うんだなとつくづく思います。ドーパミンの要求量が高いと、刺激を求め、活動的になります。日本には刺激が少なくても満足できる人が多いんですけど。

ヤマザキ　だから日本人は忍耐強いんだ。イタリア人は忍耐強くない。とにかく我慢が苦手ですから。イタリア人と限らず、地中海沿岸の南ヨーロッパや南米のラテン系の人たちに共通する傾向ですね。

中野　ドーパミン受容体の、あるタイプの遺伝子の分布から見るとスペイン、アルゼンチン、ブラジルあたりにそういう傾向の人が多いようです。ラテン系の人たちは我慢するよりも、多動的に素早く動くことによって利益を最大化する戦略を取ってきたのですね。日本人みたいにじっと耐えて、最後に美味しいところをもらおうとは考えない。

ヤマザキ　中野さんがおっしゃったその戦略が、今回イタリアの取った感染対策そのものだったわけですよ。

中野　マリさんはどうして「イタリアで医療崩壊が起きる」と分かったんですか？

ヤマザキ　イタリアの医療の水準は決して悪くはありません、むしろOECD（経済協力開発機構）では高評価されていました。在留資格のない外国人ですら、病気になれば緊急医療は無条件で受けられるし、入院もできる。ただ、私は過去に三度イタリアの病院に入院したことがありますが、そのうちの二回は病室が満員で廊下にベッドを置かれました。医療環境が万全ではないことは、当時から指摘されていたところに、数年前からの医療費削減で病院の数も減っている。希望者に対して一斉にPCR検査を実施し、多くの高齢者や、日本では自宅隔離で様子を見てくださいというレベルの症状の人でも、イタリアでは万全を期して入院という措置が取られていた可能性がある。そんな調子で疑わしい人々を入院させていたら、医療崩壊になってしまうのは必至です。夫にそれを言ったら、「感染しているとわかれば本人も周りも自覚を持って行動がとれるじゃないか、検査数を抑えていたら医療の対策にもつながらない」と。

中野　何事も肯定的に捉えるのですね。

ヤマザキ　苦境も捉え方次第では強みになる、という考えが彼らにはあるように思います。まあ、長きにわたる歴史の中で本当にいろんな目に遭ってきた国ではありますからね。そういえば学生時代、アパートをシェアしていたナポリの男子大学生が失恋をした場面を目撃したことがあるんですが、女性が出て行ってしまった直後、彼は涙を流しながらワインをグラスに注ぎ、居間にある鏡に自分の姿を映しながら飲んでたんです。自分の傷を自分で治癒させられる人を目の当たりにして、この国は一筋縄ではいかないな、と感じたものでした。

スペイン風邪のトラウマ

中野　マリさん、今はもう離婚の危機は去ったんでしょう？

ヤマザキ　はい、あれから時間が経過する中で、徐々にお互いの主張を「まあ、言われてみればそれもありか」なんて認め合って、現在は三月や四月みたいに電話で論争を展開することはなくなりました。でも、いまだに海外には、「日本の感染者数が少ないのは、怪しい。何か隠してるんじゃないか」と考えている人もいます。つい先日もBBCの「日本の感染死者数が少ない神秘」というタイトルの記事が夫から「これ読んで」と送られてきました。記事は安倍首相の唱えた「日本モデル」や麻生財務大臣の「MINDO」（民度）という発言を批判的に捉えつつ、「ファクターX」への疑念などが書かれていました。彼らも日本の現状の謎を合理的なかたちで解きたくてしかたがない。

中野　実は、大きな争いにはなりませんでしたが、うちも似たような意見の相違がありました。主人はふわっとしたものの考え方をする人で、とても几帳面というタイプではないのですが、感染症に関しては実に慎重で、臆病な捉え方をします。その臆病さは悪いものではなく、感染を回避するという意味では非常に重要ですから、リスクの高い行動を取られるよりは安心ではあるのですが……。やはり実生活のなかでは、ああ、融通が利《き》かない、と困る場面もありました。マスクが手元にないから、もう今日は一日外に出るのはやめよう、といった調子です。生活できない(笑)。

ヤマザキ　なんかこう日本とヨーロッパじゃ、テンションも温度感も速度も、なにもかも違うんですよね。イタリア人は感染症を怖がるのに、マスクをつけることはずっと拒んでいましたし。例えばうちの子どもが風邪気味でマスクをつけて小学校に行ったら、先生に「疫病じゃあるまいし、そんな大げさな」と注意されて、すぐに外すように指示された。

中野　えー！

ヤマザキ　表情を見ながら会話をする欧州では顔をマスクで半分隠すことには大きな抵抗があるでしょうし、我が家もそうですが、マスクというと百年前のスペイン風邪パンデミックを思い浮かべてしまうのかもしれません。イタリアは三世代同居が多くて、記憶の残っている祖父母の世代が語るわけですよ。ちなみにうちの義母の祖父はやはりスペイン風邪で亡くなってますし、美術館へ行けば、黒死病が蔓延した時代の恐ろしい絵画とかも残っています。

中野　そう、残ってますね。骸骨の死神が鎌を振り回している、キリスト教における地獄絵図のような絵ですね。

ヤマザキ　キリスト教会はまあ、疫病を利用することで信者からの支持を集めようとしていたわけですが、何はともあれ、そういった疫病の恐ろしい記憶が植え付けられているのは確かです。容易にマスクをつけてしまうと、その恐ろしい状況を受け入れてしまうことにもなりますからね。

マスクは病気に負けた証拠？

中野　一応コロナが落ち着いた今、日本もイタリアも風景が変わりましたね。日本は街もお店もすごく密で、間隔をあけて並ぼう、なんて思っている人は少なそうですし、ニューノーマルはどこかへ行ってしまったようですらあります。いつの間にか「ウィズ・コロナ」が定着したのか、あるいはむしろオールドノーマルに戻ってしまった気がします。ただ、暑くなってもマスクはすっかり定着していますね。

ヤマザキ　マスクは慣れですよね。それに、マスクで顔が隠れるのは便利。

中野　そう、コスメティックスを節約できるんですよ。日焼け対策にもなりますしね。

ヤマザキ　巷《ちまた》では「ステイ・ホーム」の時期に、プチ美容整形する人が急増したんだそうですよ、そのスジの方から聞きましたけど。となると、しばらくはマスクが外せない。中には夫に黙って手術を受けた人もいて、「おい、家の中ぐらいマスク外せよ」と言われて、仕方なく外すと「あれ、お前、顔変わった？」と首を傾げられたりする（笑）。

中野 「マスクしてたから忘れちゃった？　前からこうよ」って強弁するんですね（笑）。

ヤマザキ イタリアでは、外出禁止令が解除された途端、「ああ、やっと解放された！」とマスクを外した人がニュースのインタビューに出ていました。マスクでパンデミックの意識を強制されるのが本当に嫌だったんでしょう。マスク姿は、感染予防というよりも、病気になったことを認めてしまうアイテムという意識が強いんだと思う。ちょっと鼻水や咳が出る程度なら、「病気なんて気持ちでねじ伏せてやる！」と気構えるのがあの人たちの傾向かもしれない。

中野 アメリカでは、そういったマッチョ思想の人は共和党員に多いと聞きました。トランプ大統領もいっときマスクをしないことを売りにしていましたし、オクラホマ州のトランプ陣営の選挙集会では、支持者のほとんどがマスクなし。相当の飛沫が飛び交ったことでしょう。彼らがマスクをしないのは、やっぱり病気に負けたと認めたくないというメンタリティの表れなんですね。

ヤマザキ 日本人はマスク不足になったと同時にマイ・マスクを作り始めていましたが、そこに、コロナとの共生を前向きに受け入れようとする人々の意識が感じられました。

中野　マイ・マスクは日本だけの現象なのでしょうか。

ヤマザキ　日本だけではなく、世界の様々な地域で女性たちがせっせと作っているようですが、例えば一気に感染が拡大したブラジルの友人は毎日自分の作ったマイ・マスクをフェイスブックでアップしています。そして、そのマスクは地域の貧困層に配られているらしい。ブラジル人は熱帯系の感染症と向き合い続けている人たちですから、こうした自然発生的な現象とは立ち向かうよりも共生しようとする姿勢が見えなくもないですね。今はボルソナロ大統領が開発政策で原生林を容赦無く切り崩してますし、アマゾンの先住民族たちもコロナに感染して深刻な事態に陥っていますが。

自然は屈服させるもの

中野　マスクひとつ取っても、お国柄によっていろいろですね。まあ、欧米人の持つ、自然に屈することへのある種の屈辱感は、日本人には想像しづらいものかも知れない。デカルトに代表されるような、自然を超克することが進歩である、という考え方が深く根付いているのでしょう。自然は共生する相手なのか、戦う相手なのか、この違いが洋の東西を隔てているのでしょう。

ヤマザキ　あちらでは、古代ギリシャ・ローマの時代から疫病は敵であり、戦う相手ですからね。古代ローマ人の都市設計の考え方は、道路の舗装にしても水道にしても、そして建造物にしても、自然を人間の知恵と力で征服することにあります。それを紀元前からやってきたわけですよ。私がフィレンツェに暮らしていた十一年間、何がいちばん恋しかったかというと、植生なんです。フィレンツェの都市部は一三世紀ごろから金持ちたちが挙《こぞ》って建てた建造物と石畳で覆い尽くされていて、緑がほとんどないですから。

中野　ああ、確かにそう。あそこは緑が意外に少なかったですね。

ヤマザキ　人間は自然を凌駕《りょうが》するほどの圧倒的な力を持っているんだということを誇示するのに、庭園以外は土の部分を残さなかった。そこが日本とはまったく違う。建築なんかでも日本は木材や竹を使ったりしますよね。近年イタリアでも自然素材を使う流れが出てきていますが、一九二〇年代から四〇年代までのファシズム建造物はコンクリート一辺倒で、一切自然を感じさせる雰囲気はありません。

中野　第二次大戦中、ムッソリーニやヒトラーのファシズム政権が推しすすめた建築は確かに利便性が重視されていますが無機質ですね。

古代ローマの週刊誌

中野　海外では日本人の自粛についても論議されましたね。ひと頃、パリの知り合いから怒りのメールがよく来ました。「日本の規制はどうしてこんなに緩《ゆる》いのか理解できない」と。この、他者に口を出さずにいられないという感じも、それはそれで興味深いのですけれど、またそれは別のところで話しましょうか。日本は国の対応としては厳しくも迅速にも見えないのに、それでいて感染者や死者の数が比較的少なく、ミステリだと言われましたね。

ヤマザキ　私にもアメリカ人からブラジル人から、とにかくいろんな人から来ましたよ。「こちらでは全力で対策してるのに、日本は緩くて緊張感もない。コロナ禍だというのに首相夫人自らお花見に行ってるそうだね」とか（笑）。

中野　いろいろな意見があるとは思うのですが、政府による規制は緩くても「自粛警察」が容易に自然発生してくる土壌、空気のようなものが日本全体にあって、その果たした役割は無視できないものでしょう。

例えば、誰が見ているかわからないから、マスクをしなくちゃ、とか。誰かにうつさないため、ではなく、マスクをしていないことを誰に糾弾されるかわからないから、形だけでもしておかなくちゃ、という感覚です。だから、マスクが目に見えるところにかかっていさえすればよく、きちんとかけている人は意外に少なかったりする。鼻が出ていたり、あごマスクだったり。「マスクをしていますよ」がわかればいいということなんだな、と考えると得心がいきます（笑）。

ヤマザキ　日本人にとってはお上《かみ》から「自粛してください」と言われると、それが新しい戒律となる。そもそも「世間体」というものが強力な戒律なわけで、キリスト教の教えに根付いた個人主義な欧米の人には理解しにくい。

中野　こういう同調圧力の戒律的なものは、古代ローマにもあったんですか？

ヤマザキ　はい、あの時代にもありました。といっても日本のとは少し違いますけどね。古代ローマの場合、キリスト教が蔓延して国教化するまでは多神教の世界だったわけです。属州を拡張していきながら、それぞれの民族が信じている神も認め合うようになった。皇帝によっては「朕《ちん》は法律なり」みたいなことを言い出す場合もありましたし、宗教も倫理観も異なる民衆を束ねるなかで、民衆の中に発生する判断が同調圧力的なものになっていく……そうそう、古代ローマの場合は「落書き」が機能したんですよ。壁に「どこどこの何某《なにがし》は浮気してる」「あの店はぼったくりだ」などと書かれて、それが実際影響力があった。

中野　すごい！　まるで今の週刊誌のようですね。自粛警察と似たような一般大衆による自主的な正義のパトロールがあったんですね。

ヤマザキ　日本の自粛警察って、休業要請期間中に営業している店を探し出して市役所に通報したり、「店閉めろ」と張り紙をしたり。ああいう極端な反応は「正義中毒」そのものですよね。そもそも、なぜああいった自粛警察みたいな人々が出てくるのでしょう？

中野　ヒトは共同体を営む生物ですが、個人は共同体に一定の貢献をして犠牲を払い、その代わり共同体から利益を受け取ることで暮らしています。しかし、中には共同体に貢献をせず、利益だけを得て「ただ乗り」する者（フリーライダー）もいるわけです。フリーライダーとして標的になるわかりやすい例が、給食費を払わないのに給食を食べる人、でしょうか？　また、脱税しているのに社会保障などはしっかり受けている人や、多くの人が守っているルールを逸脱して自分だけは楽しもうとする不倫カップルなどです。フリーライダーが増えてしまうと、ルールは死文化し、共同体は成り立たなくなってしまう。そこで人類の脳には、フリーライダーを見つけて、その人を罰することに快感を覚える仕組みが備えつけられているんです。

ヤマザキ　日本では営業を自粛しない店は「フリーライダー」だと認識されてしまったわけですか。

中野　おそらく。フリーライダーだと認識した対象に「正義の制裁」を加えると、脳の快楽中枢が刺激され、快楽物質であるドーパミンが放出されます。この快楽は強烈です。有名人の不倫スキャンダルが報じられるたびにバッシングが横行するのも、人々の脳内でこのシステムが働いているからです。しかも「正義中毒」は共同体が危機に瀕すれば瀕するほど盛り上がりやすい。

ヤマザキ　他人の不倫にあれこれ批判をするなんて私的《わたしてき》には余計なお世話だと思うけど、人類の脳の仕組みである以上、「正義中毒」は誰もが陥ってしまう可能性があるということですね。

空気は刑務所より怖い

中野　「世界一優秀な日本の警察」という言い方がありますね。だけど今回、この言葉のカラクリを見つけちゃったように感じているんです。警察の皆さんの日々のご活躍や、努力されていることにはとても敬意を持っているんですけど……。

ヤマザキ　（笑って）前置きなくて大丈夫です。

中野　政府から自粛要請というお願いしかされなくても自発的に統制が取れてしまう日本というのは、いわゆる「空気」の力なしには実現が不可能であったと思います。コロナとは直接関係ないけれども、日本の治安が良いといわれるのも、市民の持つこうした傾向と不可分のものなのではないかと。

ヤマザキ　そうですよね。

中野　例えば、特に日本の社会では、いったん警察に捕まったとなれば、社会復帰はかなり困難になってしまうでしょう。これも世間体というものが持つ、静かで強力な圧力のためであり、「空気」の力であるといっていいかなと思います。

ヤマザキ　復帰どころか、つぶされちゃう。

中野　空気は刑務所より怖い。

ヤマザキ　空気で殺されちゃう人もいるくらいですから。よく学校のイジメでシカトしたりされたりがありますよね。あれって、まさに昔の日本の村八分と同じコンセプトですよね。非常に陰湿で過酷な拷問です。

中野　覚えていらっしゃいますか？　一九九七年に十四歳の少年が起こした神戸連続児

童殺傷事件。

ヤマザキ　酒鬼薔薇《さかきばら》事件ですね。

中野　今や加害者の少年は成人してずいぶん経ちますけど、逮捕前、神戸新聞社に送り付けた犯行声明文の中で、彼は自らのことを称して「透明な存在であるボク」と書いていました。この表現こそが日本社会の現実を端的に言い表しているといえます。

ヤマザキ　社会が自分という存在を映し出してくれない、つまり、存在を承認してくれない——事件を起こす人の動機に多く見られますよね。最近では京アニ放火殺人事件（二〇一九年）の犯人なんか、当てはまると思う。「小説を盗まれた」という、他人からすれば些末な動機から事件を起こしたのも、まさに己の存在を認めてもらいたい、承認欲求の表れですね。

中野　埋没していく自分に耐えられなかったのでしょうか。その意味ではSNSで上から目線の物言いしかできない人と、どこかつながっているように思えます。誰かを攻撃してネットの世界で有名になることで、「透明なボク」が一気に表舞台におどり出たような錯覚を起こしてしまうわけです。

各国指導者の演説力

中野　一度お聞きして確認してみたかったんですけど、日本で「みんなと同じようにしなさい」と教えられるのと対照的に、イタリアなどヨーロッパの学校では、「みんなと同じことをしたらバカですよ」と教えられるのではないですか?

ヤマザキ　そうですね、人と同じことをするのは想像力の欠落とみなされますから。学校の口頭試問でも人と同じことを言うと良い点はもらえません。個性や独立心を重視する。長いものに巻かれない人が評価される世界です。だから今回パンデミックが始まりかけた時、いちばん違いが顕著《けんちょ》に出たのが各国首脳の演説です。ドイツのメルケル首相の演説がそれを示していました。

中野　彼女の演説はしびれましたね。かっこよかったですよね。

ヤマザキ　まず、民主主義とはどういうものであるか、から入るわけですよ。「開かれた民主主義のもとでは、政治において下される決定の透明性を確保し、説明を尽くすことが必要です。私たちの取組について、できるだけ説得力ある形でその根拠を皆さんに説明し、発信し、理解してもらえるようにします」と。そしてカメラをじっと見つめて、「皆さん、頑張ってますか」「レジに座ってるあなた、いかがですか」と二人称で語りかける。

あれは見事でした。
イタリアのコンテ首相は、自身が首相でもありますが弁護士であることを踏まえ、まずイタリアの法に則って、何があろうと国民の命が何よりも保障されるべきだと断言する。「ロックダウンにより皆さんを守るところから入ります」とズバリ言い切った。そしたらテレビの前の国民は皆、「そうだ、言われる通りだ」と納得するしかない。普段はあれだけ好き勝手に行動し、他者を容易には信用しないイタリア人も、あの演説で一気に団結しちゃった。ああいう演説パフォーマンスは、日本のリーダーにはできないですね。

中野　必ずしも欧米式に合わせることがいいのかどうかはさておくとして、日本とはずいぶん違いました。

ヤマザキ　欧州では小学校一年生のときから演説力を鍛えられますからね。うちの子どもにも人前で自分の意見を堂々と発表できるようになる訓練をしましたよ。

中野　逆に日本の学校にそんな能力の高い子がいたら「おまえは口ばっかり達者で！」と叱られてしまうかもしれません。私も親をはじめ、先生からも厳しく諭《さと》されたものです。本当なら、その能力をもっと伸ばしてほしかったですけれど……。メルケル首相やコンテ首相の演説は、大衆に訴えてその安心を勝ち得るための、一つの政治的なショーですね。

ヤマザキ　演説というのは、古代からの伝統の上に築かれた民主主義の形だと言えます。西洋ではそれぞれが考えを巧みに言語化し、ディベートの無い政治は民主主義ではないと捉えている。日本も民主主義の体裁はとっていますが、そこが西洋式との根本的な違いのように思えます。日本では演説という教育に重点が置かれていませんから、考えを言語化する訓練もあまりしてきませんでした。欧州なら紙を見ながらでないと喋れない人はまず首相には選ばれないでしょう。それに、頭の中で自分の意見がしっかりとした言語に変換されていれば、目という機能を使ってより効果的な演説を展開することもできます。でも日本の社会ではそういったスキルは重要視されていませんよね。

中野　むりやりヨーロッパから民主主義の苗木をもってきて日本の土に植えたけど、うまく育てるのに手こずっているという感じが、日本の近現代の姿かもしれませんね。

ポピュリズム、そしてファシズム

ヤマザキ　コロナ対策の違いはいろんなところに表れましたね。平時には隠れていた世界各国の「本性」が明らかになった気がする。下世話な表現を使うと、コロナが「お前はどんなパンツをはいているのか、脱いで見せてみろ」とそれぞれの国に迫ったような感があった。

中野　ハハハ、確かに。各国の対応は驚くほど分かれて、普段はマッチョなことを言って格好つけてるけど、実は穴の空いたパンツをはいていたことが分かった、というような国や指導者もありました、どことは言いませんけど。民主主義って、やっぱり指導者を選ぶ側それぞれに、考える力がないと、あっという間にポピュリズムになるんですよね。

ヤマザキ　ポピュリズムになって、そのときに、例えばスペイン風邪のような非常事態が起きたとすると、そのあとにはナチズムやファシズムが発芽する。みんなが弱り果てている中で。

中野　ポピュリズム、それにつづくファシズム――。

ヤマザキ　ムッソリーニやヒトラーの持っている、あの演説力は大したものですよ。生きる気力を失っているところに、あんなに力強い思想と説得力のある言語を使える人が現れれば、皆目を輝かせて「この人についていこう」ってなるでしょう。

中野　ああいうのをいま振り返って考えると、もはやマジックとしか言いようがないほどの魔力なんですけれど、ちゃんとした道筋があるわけですね。

ヤマザキ　第一次世界大戦の最中にスペイン風邪がはやりだし、長い時間をかけて何千万人と言われる犠牲者を出してしまった。人々は疲弊していて、物事を自分たちの力で考えるエネルギーが残っていません。だから、リーダーになってくれる人が現れるのを待っていたわけです。それが政治家であっても宗教家であっても、卑弥呼《ひみこ》みたいなシャーマンでもよかったんです。今、まだコロナは収束していないけど、カリスマ的なリーダー待望の空気が現れつつあるのかな。メルケルの演説を見ていて感じました。

中野　民主主義の健全性というものは、大きな物語に対して小さな物語をどれだけ確保できるかにあると思うんです。けれど、パンデミックのような大規模な危機があると、世の中は大きな物語のほうを優先しようという方向に動きます。パンデミックにつけ込むような形でポピュリズムが蔓延し、独裁者がもてはやされるようになるのは、民主主義の持つセキュリティホール——脆弱性《ぜいじゃくせい》のようなものなんでしょう。

ヤマザキ　そうかも知れないですね。

危ういときに選ばれるリーダー

中野　疫病に対する恐怖感が高まると、人間の脳は意外なことに、理性を失う方向に動くんです。いつの時代も同じで、危機だ、という状況に見舞われると、人は早く逃げ出さなきゃと焦ったり、あらぬ物を手にして走り出したりする。

ヤマザキ　それは本能的なものなんですか？

中野　そうですね、いわば意識の下層に組み込まれた仕掛けです。理性が働くのよりも早く判断をする必要が生じるという前提で、理性とは違う仕組みで、反射的に判断し、行動させるんです。私たちは感情による判断よりも、論理による判断のほうを正しいと思いがちですけど、論理の判断力というのは、遅いうえにすぐ止まってしまうんですね。逆に感情が下す判断は迅速で強力です。だから、平和で時間的にもリソース的にも余裕のある状況では、論理的に判断できる。けれども、危機に際しては、どんどん感情的に判断して、しかも修正が利きにくい状態になってしまうことがある。危機的な状況下におけるリーダーが、コントロールの利かない大衆の感情によって支持され、選ばれた人になりがちなのはそういう理由があるからです。みんな、うすうすは「この人は危ういな」と分かっていたとしても、です。

ヤマザキ　人は感情に抗《あらが》えず、そうなっちゃうのか。

中野　危うそうな外国のリーダーの顔も、何人も浮かびますね。日本では、一度選ばれてエスタブリッシュメント化した人に対しては抗いがたいという流れがあり、それはそれで健全な民主主義とはちょっと違うのかな、とも思います。

ヤマザキ　それって、島国だからということもあります？

中野　日本は流動性が低いという特徴を持つ社会なんですよ。コミュニティを出たり入ったり移動したりすることが長らく、そこそこ困難であった社会です。流動性が低い場合に生き抜く最適戦略は、コミュニティの人々の意見に逆らわず、みんなの言うことをとりあえずは聞くこと。なぜならば、流動性が低いがために、すぐに来歴がわかってしまうからです。一度何か問題を起こしたら、それが十年、二十年、何年経っても烙印として残ってしまう。その後の自分に対する評価はもちろん、子や孫の代までそれは残る。子孫のことまで気にしながら自分の振る舞いを律して生きなきゃならないわけです。

ヤマザキ　大陸ならよその土地へ流れていけますからね。イタリアは半島ではあるけど、古代ローマ人たちは道や海路を伝ってその先へ向かって行った。

中野　先刻ご承知でしょうけど、イタリアは文明の十字路だから流動性がすごく高い場所ですよね。そういう土地では、ひとところに留まるよりは、いろんな人と触れ合って、そこがダメなら次へと移動する戦略がより適応的になるんです。

ヤマザキ　かつて七年ほど暮らしていたポルトガルもヨーロッパ大陸の端っこに位置し

ながら、大航海時代には海を渡って南米へ行き、インドへ行き、アジアから太平洋にまで到達している。だけど、日本は流動しないですよね。

中野　日本だけに限って見れば、実をいうと地域によって流動性が高いところ、低いところがあるんです。それに伴って気質も違ってくると考えられる。流動性の低さでいちばん顕著なのは北東北の内陸部です。その証拠といえるかどうか、岩手県ではいまだ一人の感染者も出していません（二〇二〇年七月十四日現在）。

ヤマザキ　あれは不思議ですよねえ。

中野　あの地域は、異質なものを受け入れず、異質な人も出さない、という傾向がやはり強くあるのかな、と感じさせられる現象ですね。それに比べて、北海道はかなり流動的な土地ですね。北東北と地理的にはそう遠くはないのですが、北海道は日本で最初期にクラスター感染が起きた場所でもありました。

「ハマっ子」と言わない横浜市民

中野　自分は横浜に地縁があるのですが、あまりそういった「空気」を感じない。横浜ってそういう意味では日本ぽくない土地なんです。エキゾチックな街並みとかそういうことじゃなく、あまり他人に干渉しない感じなんですよ。それと、地元愛がないわけじゃないんだけど、実は自分たちのことを「ハマっ子」とはあまり言わないんですよね。地元球団のベイスターズを応援する人も少ないし（笑）。どこか、人とつるむのは格好悪いと思ってるんです。

ヤマザキ　それは港町で、早くから開かれた街だからですかね。

中野　そうかもしれません。べたつくような地元愛はきらって避けるくせに、自分たちはよその人間とは違う、と横浜人であることを誇らしく思っている。実は東京よりも自分たちの方が先端を行ってるんだぜ、みたいな意識があるんですね。

ヤマザキ　それはある。うちの明治生まれの祖父が横浜の人間で、しかも大正時代から昭和にかけてアメリカに十一年も暮らして日本に戻ってきたもんだから、自分は最先端を見てきたっていう誇りがありましたね、生涯。

中野　そうなんですね。横浜を歩いていると、街のあちこちに「初めてのアイスクリーム」だとか「日本で初めてのガス燈」だとかいうことが、誇らしげにおしゃれに書いてあるんです。ただ、他人にあまり干渉しないところは私はすごく好きです。人は人、自分は自分、と、割と放っておいてくれるというか。そのせいか、自粛警察みたいな現象は他の地域と比べるとかなり少なかったのではないかと感じます。自分の目に映った範囲だけのことかもしれませんけど。

ヤマザキ　そういえば、営業をつづけるパチンコ店に、休業しないなら店名を公表すると知事たちが脅しましたよね。これを聞いたイタリア人は驚いて、「店名を出されることのどこがそんなに怖いわけ？　名前だされたらむしろ宣伝になるだろ」と笑っていましたよ。ちなみに、イタリアでの最初の感染死者は私の暮らす町から出たんですけど、全国ニュースで名前も住所も職業も明らかにしていました。その後の感染拡大で大勢の死者が出るわけですけど、新聞のお悔やみ欄には感染で亡くなった方の顔と名前が何ページにも渡って掲載される。日本じゃ考えられないでしょう。

「たのきん」という通貨

ヤマザキ　日本の社会は異質なものを拒む傾向が強いですよね。ただ、私は子どもの頃から「空気」を読まない変わり者でしたが、異質すぎて宇宙人みたいに思われていたので、イジメの対象にもならなかった。

中野　あ、私も同じでしたね。

ヤマザキ　やっぱりそうですか（笑）。うちは祖父が外国生活経験者なんで、もともと変なうちだったんですよ。だから学校でも異彩を放っていて、そのおかげで排除の対象とかにもならなくて。治外法権的扱われ方とでもいうのか。

中野　分かります。何で自分たちと同化しないのか、とはもはや思われない。自分たちとは違う、奇怪な生き物がいる、と見られていた。すると、本当にイジメにすら遭わないんですよね……。

ヤマザキ　だけど話が合う人もいない。

中野　一緒、一緒。

ヤマザキ　ただね、中学生の時、さすがにそれじゃいかんと思いまして。同級生と仲良くなるために、当時絶大な人気を誇っていた「たのきんトリオ」を好きになる努力を必死でしました。その中で誰を好きになろうかと悩んだ末、歌って踊って演技をする以外の技術のあるヨッちゃんに決めました。

中野　野村義男さん。ギターが弾けますからね。

ヤマザキ　それである日、「あたしはヨッちゃんかなあ……」って言ったら、もう翌朝からいろんな雑誌の切り抜きやら写真やらが机の上にどっさり置かれていて（笑）、別にそんなの欲しいわけでもないのに、一応ありがとうって皆に感謝して。社会に適応していくって大変なことだなって、十三歳のときに痛感いたしましたですね。

中野　ハハハハ。マリさんの学校では「たのきん」がコミュニティで通用する通貨として機能していたんですね。日本のコミュニティで通用する通貨は、「この人は我々と同じであるかどうか」なんですよね。だから同類でない人は通貨を持っていないのと同じで、なんとなく肩身が狭くなってしまう。

ヤマザキ　ところが、ですよ。やがて「山崎さんは口で言ってるほどヨッちゃん好きじゃないみたいよ」という噂が広まって、そのままフェードアウト。

中野　で、その後はどうなったんですか？

ヤマザキ　ある時キッパリ、「悪いけど、私が本当に好きなのは山下達郎さんの音楽やフュージョンギタリストのジョージ・ベンソンです」って言いきったの。みんなシーンとしていましたけど、それ以降、疎外も迫害も受けなくなりました。

中野　それは素晴らしい。『テルマエ・ロマエ』に出てくる、ラテン語がペラペラの女の子みたいですね。温泉の売れっ子芸者でもあり、東京大学の考古学専攻の大学院生であるという。

ヤマザキ　担当編集からヒロインを出せと言われてあの小達《おだて》さつきというキャラクターを作ったんですが、私にはああいう女性しか描けない。

中野　ぶっ飛んでますけど魅力的なキャラでした（笑）。なかなか日本は難しいですよね、はみ出し者として生きてきた我々にとっては（笑）。

「浮気遺伝子」と感染率の関係

中野　先ほど説明したように、日本のような流動性の低い社会においては、適応戦略は「集団の論理に従う」ことです。目立たず、自己主張せず、長いものに巻かれるのが、最もダメージを受けない、いわば「賢い」生き方になるんです。

ヤマザキ　存在していないように生きるわけですね。

中野　興味深いのは、今回の新型コロナはアメリカやブラジルなど、社会の流動性が高くて移民が多い地域で爆発的な感染拡大がみられたことです。一方、日本のような流動性の低い地域は、それほど大きな被害はなかった。

この差はいったい何なのか。その謎を解くカギになるかもしれないのが、「新奇探索性」——新しもの好き——という観点かもしれません。これまでに、新奇探索性をつかさどる遺伝子が見つかっており、アメリカ人やブラジル人にその遺伝子を持つ人が多く、東アジアではそうではないことが分かっています。スペキュラティブ（推論的）な話ではありますが、どうもこの遺伝子の持ち主が多い地域は、爆発的な感染拡大地域と重なるように見えますね。

なお、このタイプは性的にもアクティブで、一夜限りの性体験が多いという傾向がある。だから「浮気遺伝子」と呼ぶ研究者もいるぐらいです。

ヤマザキ　すごく興味深い研究ですね。確かにイタリア人は新奇探索性が高い（笑）。イタリア人といえば、普段はアモーレ（愛する）にカンターレ（歌う）などという動詞に置き換えられるくらい情動に身を委《ゆだ》ね、欲望のままに生きているというイメージが定着していますし、もちろん日本と比べればその傾向は強いとは思います。

でも、こういう非常事態の時には、申し合わせたわけでもないのに、まとまりを見せるんです。あれだけ群れや組織への帰属を嫌う人たちなのに。

中野　ただ、フランスやイタリアだと、空気を読むことは日本ほど要求されないですよね。

ヤマザキ　ええ。相手が自分と同種の人間だったら触発されないし、知性を豊かにしてもらえない。何か違うものを持ってきてくれないと、つまらないんですね。

中野　日本でも特異な地域の一つに、大阪が挙げられるかもしれません。大阪で通用する人間関係の通貨は「おもろい」ですよね。これは、自分は人と違っておもろいやつやで、と他者より目立つことを促すものでもあります。目立たず、主張しないという戦略が適応となる日本の中では、ちょっと異質です。

ヤマザキ　そういえば大阪で講演したとき、こんなことがありました。前のほうに座ってるおばちゃんが前のめりで聴いていて、時々ひとりごと言ったり、その場から何かを私に話しかけてきたりしてるのが見える。講演終えてひっこむと、そのおばちゃんが出待ちしていて、「あんた、よかったよ。きちんと落とすとこ落として、よかった。80点！」

――あそこはちょっとラテンが入ってる。

中野　大阪は特に、自由都市・堺という、独特の歴史を持つ地域を抱えていますしね。流動性が高く、閉じたコミュニティに依存するという形の戦略ではない生き方が自然と促される風土なのかもしれませんね。

ヤマザキ　商人が多いから。

中野　もし、流動性の高さと感染拡大に一定の相関があるのだとしたら、大阪はかなりがんばって抑え込んでいる、ということになりますね。この推測が合っているかどうかはまだわかりませんけれど、皆さんの努力に敬意を表します。

普段からソーシャル・ディスタンス

中野　もし本当に日本の感染率や死者数が低いとしたら、その理由のひとつはソーシャル・ディスタンスかもしれません。普段からベタベタくっつかないですからね。家族内でもハグしない、街中で抱き合ってキスするなんてもってのほか、現代ではもはや高齢者と同居もしない、それに握手の習慣もほぼないという。

ヤマザキ　イタリア人のように飛沫を飛ばしあって喋る感じではないですからね。それにイタリアだと毎日とにかく誰かしらとは接触があるわけですよ。店に行ってもそこのおじさんと「やあ」なんて握手するし、馴染みのレストランに行けば、そこで働いている人たちと一通りハグするし、知り合いと通りで出会ってもやはりキスにハグだし、そしてその場でお喋りが始まるし。

中野　「ヴァ・ベーネ！（いいよ！）」とか「ベリッシマ！（最高だよ！）」という言い回し、あれは飛沫を感じますね……。

ヤマザキ　NHKの番組で飛沫感染の実験ドキュメンタリーをやっているのを見ましたけど、飛沫を飛ばしながら何を言ってるのかと思えば「バナナボート」。そりゃバビブベボは飛びまくりますよ、飛沫（笑）。バナナボートなんて言葉、一生に何度使うか。

中野　あまり言う機会はなさそうです（笑）。

ヨーロッパの中では、ポルトガルもわりと人口あたりの死亡者数が少ないじゃないですか。パリでファム・ド・メナージュをしているのは、ポルトガル人が多いんです。ファム・ド・メナージュはお部屋のお掃除に来てくれる家政婦さんのことですね。

ヤマザキ　水道工事もポルトガル人が多く携わっていますね。

中野　ポルトガル人には、仕事をきちんとする人というイメージがあるんですね。実際、清潔好きで。統計を見てみると、トイレ後の手洗い率も高いですね。

ヤマザキ　経済的にはGDPでルーマニアと同じくらい。裕福な人が少ないと言われていますが、じつは今回、補助金をいち早く出した国のうちの一つなんですよね。私の友達はフリーランスなんだけど、四月初頭の時点ですでに二回分振り込まれたって言ってましたから。

中野　それは素晴らしいですね。

ヤマザキ　イギリスも島国ですけど、あそこも流動性ありますよね？

中野　日本と同じ島国ながら、チャレンジングな人が多い印象ですよね。七つの海を制覇する、といったような。その一方で、回りくどい物言いをしたり、わかりにくい皮肉を言ったりなど、自分たちの内輪だけで笑い合うという側面もあり、イギリス人は、「ヨーロッパの京都人」と一部の日本人から評されることもあるようで……。

ヤマザキ　モンティ・パイソンのジョークにイタリア人は笑わないですよ。私は好きですけど。イギリスのジョークは日本人のナンセンス・ジョークに似ているね、と夫にも言われます。

中野　イギリス人にはそういう二面性があるのかもしれませんね。イタリアも結構地域の特色があるところですし、南と北の違いは有名ですが、そのほかはいかがですか？

ヤマザキ　そもそもイタリアという国が統一されたのはたった百六十年前。それ以前はすべて独立した自治国家でした。なので、我々のおばあさん世代までは、イタリア人という自覚を持っていなかったといいますね。人々の中にはその意識がまだ残っている。とくにシチリア島はまったく違いますね。歴史も文化も政治形態も違う。

中野　なんかルキノ・ヴィスコンティの世界みたいです。

ヤマザキ　まさに彼らはヴィスコンティの映画「山猫」の文化圏なんです。シチリア島には古代からあらゆる人種や文化が入り込んでくるものだから、はっきりしたアイデンティティがない。次から次へと様々な国の支配下に置かれて「自分たちって何なのいったい」という疑念と不安から立ち上がったのが、マフィアの原型となる組織だと言われているんです。つまりそれがファミリーですね。そんなシチリアの人間がアメリカに移住したことで、「ゴッドファーザー」のような形態が生まれたわけです。

中野　ファミリーがアイデンティティの拠り所なんですね。

ヤマザキ　社会は全く信用できなくて、自分の身を守るとなると血族・親族で固めるしかないですからね。国よりは自治体、自治体よりは地域、そして親族、家族と信用を置ける関わりがどんどん集約されていく。しかも家族の中ですら裏切りはあるから油断ならない。そういえば彼らはワインやオリーブオイルですら、地元のものを愛用して、ほかの地域のものを好まないです。

疫病には打ち勝つのか、交渉するのか

ヤマザキ　私が思うに、古代の人は感染症を天災と同じように捉えていたのではないで

しょうか。日本人にもそれは当てはまりませんかね。一言でいうなら「しょうがないな」と――。一方で、中世からヨーロッパでは感染症を敵だとみなすようになり、これは敵だ戦争だと形容していますけど、ああいう解釈は人間至上主義でなければ発生しないかなと。他の生き物は感染症を敵扱いなんかしませんよ。

中野　「コロナに打ち勝ってオリンピックを成功させよう！」と叫ぶ日本人もいたのですけれど、やや空回りしてしまった感があります。一般の日本人は、オリンピックはさておいて、感染症は「なんとかやり過ごせるだろう」とどこかで思っているようなところがあります。けっして、「絶対に勝利しよう」ではない。

ヤマザキ　ヨーロッパに「疫病に打ち勝つ」という概念が生まれたのは、一四世紀の黒死病パンデミックのときですかね。あのときキリスト教がペストを逆手に取って、主導権を握ったわけです。キリスト教会は美術界にとってもとても大きなパトロンで、教会に掲げる絵画を媒体にして、「ペストは信仰を持たない者への天罰だ」と大キャンペーンを繰り広げたわけですよ。

中野　ペストを骸骨の姿に描いて、死神のイメージを強調したわけですね。

ヤマザキ　そうやってキリスト教は死神と戦っているんだという意識を植え付け、民衆の信頼と信望を得ようとした。あれが大きかったように思います。

中野　日本の各地に古くから伝わる「蘇民将来《そみんしょうらい》」の護符とは大違いですね。

ヤマザキ　なんですか、それ？

中野　民間伝承にこういうのがあるんです。ある旅人が裕福な家に立ち寄って、一晩の宿を乞うた。ところが、その家の家長は裕福であったにもかかわらず、旅人を追い返してしまった。しかし、家長の兄である蘇民将来は、貧しいけれど、旅人をこころよく迎え入れたのです。その旅人は実は神で、兄は福をもらったのに対し、裕福な弟は災いをこうむった。ここまでだとよくある因果応報譚なんですが、それから、人々の間で「蘇民将来の子孫」と書いた御札を貼っておけば、疫病がよりつかないと言い伝えられているというのが面白いところです。日本人にとって疫病は「避けるもの」であって、「戦うもの」ではないようですね。

ヤマザキ　平安時代に「融通念仏」を唱えた良忍《りょうにん》の絵巻物（『融通念仏縁起絵巻』）にも、こういうのがあるんです。道場で人々が念仏を唱えていると、門前に色とりどりの妖怪たちが集まってきたところを、門番だか門弟だかが説得している絵なんですが、「今、念仏を唱えている人たちにだけは病をうつさないでくれ」と。つまり、妖怪の正体は疫病なんです。すると妖怪たちは仏事に参加している人の名簿に「悪さをしない」とサインをして、引き下がったというのです。

中野　それは面白い。お願いすれば、疫病は聞き入れてくれる、と考えるんですね。

ヤマザキ　ヨーロッパの、骸骨が鎌を振り回す地獄絵図とはまるで違うでしょう。

中野　感染症に対する捉え方がまったく違いますね。戦う相手だから「マスクをすることが『負け』になる」という欧米の感覚も、こういう背景を知ってから現象を読み解くと、とてもよく理解できますね。日本人にとってはマスクをするのも、疫病に見つからないように顔を覆う、という感覚と近いところがあって、受け入れやすいのかもしれない。疫病をもたらす妖怪とは、ネゴシエーションすることでやり過ごそうという日本のやり方は、実に「ウィズ・コロナ」的で、無意識的にではありますが、意外に洗練された向き合い方なのかもしれないと感じます。

古代ローマは開かれていた？

中野　流動性ということでいえば、古代のローマは人の行き来が相当激しかったでしょう。そうすると、開かれた社会だったわけですか？

ヤマザキ　開かれまくりですね。首都ローマは今で言うところのニューヨークやロンドンみたいな人種の坩堝《るつぼ》のコスモポリタン・シティですよ。奴隷の多くはイタリア半島の外から来た人たちであり、奴隷と言っても後世の足枷《あしかせ》を嵌《は》められた人たちではなく、要するに様々な労働従事者ですね。中でもギリシャ人系の奴隷は知的教養のある人が多く、医師とか家庭教師の職に就いてローマ人に教えていたんです。

中野　現代で一般に流布《るふ》している奴隷のイメージとはちょっと違いますね。彼らの能力を利用するというのは、非常に現実主義的で、興味深いです。

ヤマザキ　多種多様な人たちが混在していたローマは、地域性がどうのといっていては始まらない。あれだけの属州を取り込むには社会は開放的でなければいけません。属州の社会や文化はそのままにしつつ、ローマという基軸もそこに据える。各地の属州には本土から来たローマ軍人が作り上げた街があって、トラヤヌス帝やハドリアヌス帝が生まれ育ったのも、そういう植民市の一つ、イタリカという街でした。

そういうわけで、ローマ帝国というのは非常に流動性の高い社会だったのですが、それを促したのは、紀元前から造られていった「ローマの道」だったのです。

中野　ああ、すごいですね。ローマの道はローマに通じるとともに、あらゆる地域にも通じていたんですね。

ヤマザキ　その道を通じて軍隊を派遣して領土を広げる軍事的目的がメインではあったけれども、それと同時に、文化も人材もあらゆるものがどんどん入ってくるわけですからね。

中野　われわれ日本人は、極東の島国に生きる民ではあるのですが、現代文明の中に存在しているという点においては、やはりローマの文化の土台の上にいるようなところがある。時空を超えた道を通じて、古代ローマとつながっているんです。だから『テルマエ・ロマエ』は、古代ローマのことをあまり知らなくても、ラテン語を理解できなくても、すごく面白く読めますよね。ああ、私たち、時を隔てていてもローマのパラダイムの中で生きているんだっていう気がするんです。その古代ローマが、どうやって感染症に対応してきたのか、実際のところ、かなり現代人にとっても参考になるはずですし、知りたいところです。

ヤマザキ　分かりました。じゃあ、つぎにローマ帝国がいかにペストと戦ってきたか、そしてペストがいかにローマの歴史を変えてきたかについてお話ししましょう。ただし、古代ローマ人と現代イタリア人は別ものだということもお忘れなく。

第2章　パンデミックが変えた人類の歴史

ヨーロッパを変えた黒死病

中野　人類史の転換点では、パンデミックが大きなファクターとなってきました。ローマ帝国でも、ペストをはじめ大規模な疫病の流行が何度もあり、それが結果として歴史を動かす源にもなって来ました。

疫病などの危機に直面すると、人々の経済的・社会的不安が一気に高まります。この時に最も攻撃の標的となりやすいのは、その共同体にとって「異質」な者――例えば、移民などのマイノリティたちです。現代のアメリカでも「Black Lives Matter」などの運動が起こってくるほど、黒人への差別が過激化しているわけですが、ローマ帝国では、疫病の流行とともに、こうした人たちへの「迫害」や「差別」は起こらなかったのでしょうか？

ヤマザキ　古代ローマ時代のパンデミックで感染者への迫害があったという記録は、私の知る限りありませんね。そもそも、差別による排除が彼らにとっては非合理的だったということもあります。ローマ帝国があそこまで領土を広げることができたのは、属州にした地域の民族の文化や習慣を、積極的に帝国内に取り込んでいったからだという話は先ほどもしました。「すべての道はローマに通ず」と言われるように、属州と都市を道路で結び、流通を活発化させ、人と物の行き来が盛んになっていった。今とはまた違った形ですが、グローバル社会を築き上げ、繁栄を享受したのです。

グローバル化によって経済的にも文化的にも確実に豊かになった。属州の「異質な人々」と繋《つな》がることで得られるメリットの方が、デメリットよりも大きかったということでしょう。この点は、今のアメリカ合衆国と対比して考えると分かりやすいかと思います。

中野　トランプ政権は、黒人やヒスパニック系の人たちと繋がるメリットについては、あまり考慮していないように見受けられますね。

また、ヨーロッパ社会に疫病がもたらした影響について詳しく伺いたいのですが、一番の影響をもたらしたのは、やはり一四世紀の黒死病ですよね？

ヤマザキ　一四世紀のヨーロッパを中心に猛威を振るった黒死病は、これまでの歴史で最もインパクトが大きいパンデミックだったと言えますね。二千五百万～五千万人が死んだと言われますが、欧州全体の三分の一～三分の二が亡くなったとされていることから、実際の全死者数は億単位だったとも言われています。死者の数もさることながら、パンデミックのあとに農奴たちの猛反乱が起きて、仕方なく領主たちは農奴を解放するようになり、なんとか人間扱いされるようになった。これは大きな変化でしたね。その影響は、封建社会の崩壊へとつながり、ある種の精神改革の領域にまで及んだのですから。

スケープゴートにされたユダヤ人

中野　パンデミックが起きると、社会階層が下位の人に、より大きなしわ寄せがいくというイメージがあります。

ヤマザキ　もちろんそうですが、けっこう高位にある王侯貴族も黒死病で亡くなっているんです。つまり、死は誰にでも襲いかかる不幸だ、みたいな捉え方が社会に拡がっていった。そこにキリスト教が入り込む余地があったわけです。

中野　個々人の行いが悪かったからというよりも、お前たちがキリスト教を信じなかったからこうなったんだぞ、という考え方でしょうか。

ヤマザキ　その通りです。それで教会は「死の舞踏」という一連の絵画を描いて啓蒙を始めました。

中野　骸骨やミイラとなった死者が生きている者たちと手をつないで踊っている絵ですね。行列を成して死へと導かれる絵だったりするのですが、なかなか迫力があり、かなりインパクトのある画面です。

ヤマザキ　あれがまた、ユダヤ人の迫害につながるわけです。ユダヤ人がイエス・キリストを処刑したその仕返しが、今このような黒死病となって襲ってきたのだというユダヤ陰謀説まで飛び交って、ま、一種のスケープゴートなんですけれどね。

中野　一四世紀の時点では、まだ病原体も発見されていません。だから、原因を「自分（たち）以外の何か」に帰属させてしまいやすくなるというのは、理解できないでもありません。それは「よそ者」によってもたらされた「何か」に違いない――意図せずしてそういう考えに至ってしまうことも少なからずあったでしょう。

とはいえ、細菌やウイルスという病原性を持つ実体が明らかにされているはずの二一世紀の現代にあってもなお、似たような現象が起きてしまっています。例えば新型コロナ流行の初期段階では、中国や韓国から人を入れるな、と声高に訴えていた人たちがいましたね。

ヤマザキ　そうそう。まず、世界中が中国からの飛行機を乗り入れさせないようにしましたから。

中野　けれど、中国を締め出したあの時すでに、ウイルスはヨーロッパからも入ってきていたんですよね。欧州型の変異株が日本にも到達していたことがわかったのです。病原体を持ち込ませない、というシンプルな感染症対策ではなく、あまり冷静とも正しいともいえない群衆心理を基準に、施策を決定するということが行われたのは実に印象的でした。また、直接の因果関係はないにしても、その後米国では、肌の色で人間を差別する動きが顕著になってきて、残念な事件や、暴動も起きてしまいましたね。

ヤマザキ　直接的ではないけど、間接的には異物排除の気運が関係していますよね。そもそもアフリカ系アメリカ人たちが、低収入の仕事にしか就けず、保険にも入れず、コロナでの致死率が高い……というふうに、差別的な社会構造はなんにも変わっていない。

中野　そうした状況を見ると、科学は人間が自身の愚かさを超克するための役にはほとんど立たなかったのだなあと、悲しい気持ちになってきてしまいます。

病気の正体もわからないのに

ヤマザキ　もう何度もパンデミックを経験しているのに、科学は人間を変えられないし、精神面に関しては、人間は、ある点まで成長しきってしまうと、それ以上は進化しないのかと思わざるを得ません。

おかしなことがあるんですよ。アテネの政治家、大ペリクレス――息子は小ペリクレスですね――は、紀元前四二九年、ペロポネソス戦争でスパルタと対峙している最中に伝染病に罹《かか》って死んでしまう。ところがこの時アテネ市民はみんな、その病気が感染症であることに、ちゃんと気づいていたんですって。

中野　あの時代に？　感染症は病原菌やウイルスによるものと分かってきたのは、一九世紀以降のことで、まだ最近ですよね。

ヤマザキ　そうなんですけど、当時すでに感染者は忌み嫌われたんです。

マルクス・アウレリウス・アントニヌス（在位一六一〜一八〇年）という皇帝がいますね。映画「グラディエーター」では息子のコモドゥスに殺されるという展開になっていましたが、あの皇帝も実はペストに罹って亡くなったと言われています。ユーフラテス川の領域の陣地を視察に行って、まず共同皇帝をしていたルキウス・ウェルスが感染します。そのうち軍隊の全員にも感染が広がり、ローマに戻ってきたらローマ中に拡大。記録されているだけでも五百万人が死んでいますから、多分その倍くらいにはなるかと。

これが二世紀後半の「アントニヌスのペスト」と呼ばれる疫病ですね。マルクス・アウレリウス・アントニヌスのラストネームをとってこう呼ばれるのですが、お抱え医師ガレノスが観察記録を残しています。ただし、今からその記述を読み返すと、どうやらペストでなく天然痘であったようです。

つまり、ペリクレスの命を奪った疫病はそれより六百年ほども前のことですから、病気の正体はまるでわからなかった。にもかかわらず、当時の人々は、病気になった人がいるとその周囲の人々まで罹ってしまうことを知っていて、とにかく感染者を遠ざけ、排除するという行動に出ていたんです。

中野　それはいわゆる穢《けが》れの意識ですね。現代の倫理基準とはマッチしませんが、当時は穢れの意識を持って行動する人のほうが、感染のリスクを回避するのには有利で、生き延びる可能性が高かったはずです。とすると、生きるためには誰かを犠牲にしなきゃいけないのか……。

ヤマザキ　そうですね、そこで口実を設けるわけです。例えば、「アントニヌスのペスト」以降はキリスト教信者が増えています。なぜなら、キリスト教徒は道端に倒れている人たちを助けたりしたために、疫病の終息後はキリスト教に改宗する人がどっと増えたからです。

ところが、五賢帝の一人で哲人皇帝と呼ばれたマルクス・アウレリウス帝は大のキリスト教嫌い。あらゆる物事を冷静沈着に受けとめていそうな彼が、この疫病をキリスト教徒のせいにして迫害したとされています。キリスト教徒を穢れた存在だというふうにこじつけたのです。

中野　やはり、目立つマイノリティが標的として狙われるんですね。マルクス・アウレリウスはクリスチャンをスケープゴートとして、社会の安定を図ろうとしたんですね。

ヤマザキ　疫病についてはアレキサンダー大王にも面白い話があります。大王がフェニキアのティルスに遠征した時、感染症にかかった人の甲冑《かっちゅう》や衣服を敵の飲み水の中に投げ込んだというんです。

中野　生物兵器……。

ヤマザキ　そういう記録があるんだけど、嘘か本当かわかりません。とにかく、ある種の病気が感染することは当時から知られていたようです。

疫病が帝国瓦解の遠因に

中野　「アントニヌスのペスト」は、なぜローマの社会にそんなに大きな混乱をもたらしたのですか？

ヤマザキ　メソポタミアから兵士たちが持ち帰った疫病によって、総死亡者数は一千万を超えたとも言われ、経済機能が止まってしまいます。生活インフラを担う商人たちが軒並み倒れたので、食料が尽きてしまった。さらに貿易を扱う人も船を漕ぐ人もいなくなってしまったので、物資が港に入ってこない。都市全体が飢餓に直面する中、兵士たちも次々と死んで軍隊が脆弱化する。そうした負の連鎖が続いた結果、ついに広大な帝国を監視・維持できるだけの国家の体力が奪われてしまったのです。

ローマの国力が衰亡していったところへ、それまでは奴隷を中心に広まっていた一種のカルト宗教的な存在だったキリスト教の信仰が、一般の人にまで及ぶようになった。こうした疫病の広がりとそれによって引き起こされた社会の変化がローマ帝国瓦解の第一段階となった、と指摘する歴史家は少なくありません。

中野　年表を見ると、ローマ帝国が東西に分裂するのが三九五年、西ローマ帝国が滅亡するのが四七六年ですが、六世紀半ばには東ローマ帝国で「ユスティニアヌスのペスト」が蔓延しますね。これも相当なダメージだったのでは？

ヤマザキ　深刻でした。だって、東ローマ帝国の人口の半分近く、三千万〜五千万人が亡くなったとされていますから。ユスティニアヌス帝（在位五二七〜五六五年）も感染したけれど、幸いにも軽症で済んだそうです。一時期は領土をどんどん拡大して、「ローマ帝国の再来か」とまで言われたのに、ペスト流行後は国力がどんどん落ちて、やはり衰亡の原因になったとされているんです。

キリスト教を受け入れる心理作用

中野　ヨーロッパ文明の転換点に大きな感染症があったこと、そしてそれがキリスト教の勢力が拡大していく契機となったこと、また同時にローマ帝国が国力をあっという間に失っていった原因となったことがよく分かりました。こういった歴史があったうえで、疫病を敵と捉えるマインドの素地がつくられていったのでしょうか。

ヤマザキ　今回のパンデミックでも欧米のリーダーがよく「コロナとの戦い」という疫病を敵視した表現を使いますが、そこには一神教の文化と権威を背にした自負があるように感じられます。

中野　日本ではコロナと戦う、という表現はいまひとつ共感を集めにくいようですね。確かに、東洋的な多神教の考え方に合わないのかも知れません。

ヤマザキ　ひとつお伺いしたいんですけど、ペストの時にキリスト教が受け入れられた理由として、危機に瀕した際の人間は善なるものを希求する、というような心理作用はあるんですか？

中野　危機に際しては、善なるものであるかどうかを吟味する以前に、理性で判断するのを放棄するようになる、という傾向が強くなりますよね。理性の代わりに、勘だとか、情報の分かりやすさだとかに頼ってしまうようになる。というのも、正しいかどうかの検証には、時間と労力というコストがかかるからです。危機に際しては、それにコストをかける余裕がなくなるため、平時の余裕のある冷静な状態における判断とは異なる、極端に言えばあり得ない選択をしてしまったりすることも十分起こり得ます。

実は「真・善・美」という三つの価値は、脳のほぼ同じところで処理されているんです。その領域は進化の過程ではかなり遅い時期にできてきたところなので、あまり効率的には働かない——例えば、酸素や栄養、睡眠の不足、アルコールの摂取などで、容易に働きが落ちてしまう。

そういうときは、いつにもまして対象を冷静に吟味することなく、直感でわかりやすいリーダーを選んだり、難しいことを四の五の言わずに手っ取り早く道を示してくれそうな宗教家に頼ったり、ということが起こりやすくなるのではないでしょうか。

ヤマザキ　なるほど。

脳がカロリー消費を節約するとき

中野　あるいはこういう譬《たと》えがわかりやすいかも知れません。女性が、二人の男性から一人を選ぶ場合を想定してみてください。一人は、地味で主張しないけれど穏やかで話し合いのできる男性。もう一人は、リーダーシップがあって見栄えも良く、いかにも頼りがいがありそうだという男性。女性が不安だったり、あまり余裕がないというときには、前者のような人にはあまり魅力を感じず、多少危険な匂いがあっても後者を選ぶ傾向が強くなるんです。前者はいわゆる「いい人」で終わるタイプといってもいいかもしれません。冷静に考えないとこういう人の魅力はわからないもので、選ぶ側にも余裕や冷静に判断する知性が必要になります。余裕のない、危機的な状況の時には、わかりやすく感情をゆさぶってくれる派手な人が選ばれます。

ヤマザキ　結局、危機的状況で求めるのは、ひとときの安心ってことなんですかね。それこそメルケル首相の「レジに座ってる方、ご苦労さま」っていうカメラ目線の発言に大勢の人がコロッといっちゃうわけですから。

中野　人間って、二千年たってもあまり変わらないんですね。そういうのに弱いんだなと改めて思います。今回のコロナ禍では、地方自治体の若手の首長の奮闘ぶりがマスメディアでしばしば取り上げられましたが、言葉の使い方やアピールの仕方など、人々に安心感をもたらすことができるようにそれぞれ工夫されてましたね。即断即決のイメージを強調するなどの方法は見事で、ああ、この人について行こうと思った人たちも少なくないだろうと思いましたね。

そういえば、科学哲学者の村上陽一郎さんが、たしかこんな意味のことを書いていらっしゃいます。四十年近く前の岩波新書『ペスト大流行』なんですけれど、「ありとあらゆる人生の悪行を重ねてきた人々も、そのペストのときに突然慈善を行うようになった。それは自省の精神を取り戻して善行の愛好者に変身したからではなく、多くの場合、目の当たりにする災禍に恐れおののいて、なんとか破局から身を逃れようとしたからであった」——。人々がキリスト教に惹《ひ》かれたのも、そうすれば自分は救われるかもしれないという虫のいい期待があったのかもしれません。

ヤマザキ　要するに、危機に差し迫られると考えるのが面倒くさくなるとか、自分で責任ある行動をとるのがことごとく嫌になるのかもしれないですね。

中野　考えるのって、意外にエネルギーを食うんですよ。脳の重さは全体重の二〜三%にすぎないのに、カロリー消費量は全体の五分の一〜四分の一にもなる。すごい浪費家ですよね。なので、体の方から予算をカットしろと要求される時があるんです。危機が迫ると特に、逃げたり闘ったりしなくてはなりませんから、体の方にもリソースを分けないとならない。そんな状況下で脳は特に前頭葉の機能がオフにさせられやすいものですから、ゆっくりと時間をかけた理性的な判断をしにくくなります。

ヤマザキ　なるほど、思考を停止して自動的にカロリーを節約しちゃうってことか。今のを聞いてスッキリ納得しました。

イタリア人が学ぶ『自省録』

ヤマザキ　例の哲人皇帝マルクス・アウレリウスは名著『自省録』全十二巻を残していますが、イタリア人はこれを学校で学習するんですよ。

〈早朝に自分自身にこう言い聞かせなさい。私は今日、詮索好きで恩知らずで暴力的で不誠実で嫉妬深く無情な人々に出会うだろう。……ただ、私は善悪の本質を知っているから、悪に巻き込まれることはなく、それに傷つけられることもない。また、力を合わせるために生まれてきたのだから……〉

もちろん自省の書ですから、こうした心がけをしていたにもかかわらず、自分が犯してしまった間違いへの懺悔《ざんげ》も書き留めている。懺悔はキリスト教の専売特許みたいなものだけれど、その先駆けだとも言えます。自省がなければ間違いを正すことも次に進むこともできない。安直な自負や傲《おご》りは国を脆弱にしかねないと捉えている。例えばアウシュビッツ強制収容所跡の一般公開にしても、欧州のひとたちの考え方にはそういった自省の美徳のようなものが根底にあるように思うんですが、これは国家間の軋轢《あつれき》を和《やわ》らげる意味でも、非常に重要なことだと思います。

中野 自省の力とか神への信仰心とか、しっかりした基準があるんですね。どこにあるかの違いなのかもしれませんが……。われわれ日本の社会だと、その基準が「世間」になるわけですね。これは「空気」と言いかえてもいい。

空気という戒律がわれわれの生き方を統制しているとなると、ネガティブ・フィードバック機構が働いて、場合によっては人々は「お前の存在そのものがおかしい」と言われたような気持ちにもなるかもしれませんね。新型コロナに感染した有名人が「このたびはお騒がせして……」と謝罪をするのも、「空気＝戒律に抵触したことへのお詫び」なのでしょう。どこか儀式のようですらあります。われわれの社会は、そういう懺悔の儀式をしないと、仲間うちに戻れない社会なのかなと思います。

ヤマザキ　とにかく日本の人は容易には自省しないですね。政府を見ても、どうやっても認めるしかない過ちであっても、深く反省しているのをあまり見たことがない。絆創膏《ばんそうこう》を何枚も何枚も重ね貼りして隠蔽《いんぺい》する。そのための言い訳であれば、どこからでも探し出してきますからね。

欧州の人たちも、強情なときは強情です。私も、交差点で接触事故があったら「お前が悪くても絶対に先に謝っちゃいけない」と教え込まれてきましたし、実際皆、まず相手を責める。政治家にしたってイタリアのベルルスコーニ元首相のように、自分のやらかした罪のせいで立場が危うくなればどんどん法律を変えて逃げようとする人もいる。だけど、家に帰ってから人知れずひっそりと反省している可能性は高いですね。反省さえすれば、次の日はさっぱり健やかになれますから（笑）。

メディチ家の系譜はパンデミック成金

ヤマザキ　一四世紀のペスト（黒死病）が終息したあと、ヨーロッパにルネッサンスが芽吹き始めます。ヨーロッパ人口の三分の一とか三分の二が死んだといわれる黒死病のあとに、なぜルネッサンスみたいなエネルギッシュな精神と文化の改革が生じ得たのか？

実はルネッサンスの種火というものは、すでに一一世紀、一二世紀ごろからあったわけです。個々に、散発的に、面白いことをやる人間が現われて、いってみればサブカルチャー的な現象としてあったんですね。

そこへ襲ってきたのがペストです。これによって大災害と大凶作が重なり、ヨーロッパ中が混乱しました。農地が広がっても耕作する人間がいない。そんなときフィレンツェに勃興したのがメディチ家です。

中野　ローマ教皇も輩出したフィレンツェの名門貴族ですね。

ヤマザキ　メディチはその名が示すように、もともとは医療関係——医師か薬種問屋をなりわいにしていた家柄だったと言います。銀行業で財を成してローマ教皇庁のパトロンとして名を馳せる二世紀ほど前は、村で丸薬を売っていたメディチ家ですが、それが銀行業に進出できたのは、ペストのお蔭でもある。

中野　言葉は悪いですが、いわばパンデミック成金だったんですね。

ヤマザキ　この時期、フィレンツェでメジャーだったバルディとペルッツィという二大銀行が、イングランド王への融資で失敗して倒産してしまいます。それに代わって大銀行として世に躍りでてきたのがメディチなわけです。ローマやベネチアに支店を設け、ローマ教皇庁会計院の財務管理職となり、たちまち金融界のドンとなった。そうした礎《いしずえ》を築いたジョバンニの息子が、「祖国の父」という称号を持つコジモ・デ・メディチ（一三八九年生～一四六四年没）です。彼の代となると、もはや成り上がりでも何でもない、洗練された教養を身につけたメディチ家の当主であり、フィレンツェ共和国の事実上の支配者でもあった。プラトン哲学に傾倒していたインテリでした。ちょうどルネッサンスの花が開き始める、一四世紀後半から一五世紀前半のことです。

パトロネージの功と罪

中野　メディチ家は芸術の面でも大変なパトロンとして知られていますね。

ヤマザキ　ええ、ボッティチェリもその恩恵を受けた一人としてよく知られていますが、彼は既にある程度ルネッサンスの土台ができた中で才能を発芽させた人物です。彼のひと世代上の芸術家たちがちょうどコジモ・デ・メディチの時代であり、例えば、それまでは特に注視されなかった遠近法にこだわる数学的センスを持った画家が現れたり、人物の表現に表情を取り入れる画家が出てきた。中でも、中世から様式化したイコンと呼ばれる記号的でつまらないマリア像を、マルベル堂のプロマイドみたいな美人画として普及させていったフィリッポ・リッピという画家の功績は大きいですね。この人はボッティチェリの師匠であり、女好きの坊さんでもあった。

リッピは教会がまるで体質に合わず、女子修道院から依頼された絵を描きに行ってそこで美人修道女と恋に落ちてしまう。その後その女性と、ついでに妹まで連れて駆け落ちし、そのスキャンダルでフィレンツェ中を騒がせました。

リッピはその美人妻をモデルに何枚もマリア様を描くようになるわけですが、当時の人々はもう、それまでのイコン画のようなマリア様ではなく、リッピの描くような美人マリア様を欲するようになる。コジモは様々な既成概念をぶち壊した風雲児リッピのパトロンとなり、画期的な美術改革を推進します。

中野　ああ、なるほど。

ヤマザキ　財力と芸術が結びついて巨大なパワーとなって、民衆の意識をどんどん動かしていった、それがペスト・パンデミックの後のフィレンツェなのです。

中野　今、コロナ後をにらんで中国は世界経済のイニシアチブをとろうと意図しているというような話も聞きますが、仮に中国の資産家が日本の文化界に金貸しを始めたら、われわれはもう、ひとたまりもありませんね。

ヤマザキ　そうですね。日本人は実は危ない位置に立っている気がします。イタリアの土壌には、古代ローマから今に至るまで綿々とつながったパトロネージの伝統がありますけど、日本にはまだ根付いていないので……。

中野　四千年の経験知が蓄積されているという点では、中国は侮れないでしょう。ここまで伺ってきて、ヨーロッパにパンデミックが起きると、そのたびにキリスト教が拡大していることが分かりますね。

ヤマザキ　疫病が流行れば、キリスト教会は「さあ俺たちの出番だ」とばかりに、「これらの疫病や凶作は不信心な者どものせいだ」というプロパガンダをくりひろげたので、すごい勢いで信者が増えています。地獄では死者が炎で焼かれる、というイメージを持っていた人々の目に、疫病で死んだ人たちが焼かれている有様は地獄絵図として映っていた。本来は土葬なのに、感染死した者は火葬に付されていましたからね。

中野　視覚イメージが強烈に植え付けられたわけですね。

なぜ魔女狩りが始まったのか

中野　南ヨーロッパのキリスト教は、ほかのヨーロッパのそれとは異なる特徴があるんですか？　というのも、南欧ではマリア信仰を中心とした多神教的な世界観があり、キリスト教以前の宗教観も取り込みながら発展をしているように思うんです。

ヤマザキ　そうだと思います。マリアに関しては諸説あって、ギリシャ神話の月の女神アルテミスや、豊穣の女神でもあるエジプトのイシス神に根拠があるとも言われていますが、いずれにしても古代の神話に出てくる女神の発展型だとされています。

中野　南ヨーロッパは女神の文化圏なんですね。

ヤマザキ　キリストの降誕日と設定されている十二月二十五日も、もともとは古代ローマでキリスト教が幅をきかせる前に流行っていた宗教の冬至の祭りの日です。

中野　太陽神ミトラのお祭りですね。

ヤマザキ　そうです。だから、カトリックというものは古代ローマ的な宗教の要素を多分に持っていたために、時代が進むにつれて社会の実情や人々の心情にそぐわないものになっていく側面もあった。それを改革しようとして生まれたのがプロテスタントですね。古代的な要素は断ち切って、民間信仰みたいに免罪符なんか売ってる場合じゃないよ、と。それをやらかしたのは先述のメディチ家出身の教皇だったんですが。

中野　多神教的な価値観の中に合理性を持ち込んだのが宗教改革だというざっくりとし

た理解を自分はしています。で、プロテスタントは一気に一神教的な世界になっていったわけですが、その移行の様子も興味深いですね。

ひとつ教えていただきたいのは、魔女狩りのことです。魔女狩りイコール中世、といったイメージがありますけど、苛烈だったのはむしろ宗教改革の時代でしたし、その歴史は遡《さかのぼ》ればもっと古いですよね？

ヤマザキ　古代からありますね。短命だった社会で、まず魔女呼ばわりされるのはお婆さん。長生きする人が少ない中で長生きしている彼女たちの存在が不思議だと思われたわけです。それに女性の得体の知れない力が加わって、ますます不可思議で神秘的な存在になり、巫女《みこ》のパワーがあまりに強すぎると、殺されたりすることもあった。

中野　なるほど、それが魔女狩りの初期形態ですか。その後、激しくなった魔女狩りは、一六世紀から一七世紀にかけて魔女狩り裁判となって吹き荒れましたけれど、この時はすでにルネッサンス後なんですよね。むしろ理性に重きが置かれるようになった時代のはずなのに、かえって魔女狩りの嵐が吹き荒れたのは一体どういうことなのかなと、前から疑問に思っていたんです。

理性が加わると凶暴に

中野　そこで今回のコロナとも関わってくるんですけど、じつは排除の論理って、理性が入り込んできたほうが苛烈になるんじゃないかと思うんです。

ヤマザキ　ああ、面白い視点ですね。逆にいえば、理性が入り込んでくると排除する動きが凶暴性を増すというわけですね。

中野　そうなんです。われわれが、社会のために理性に基づいて行動しているのだと思っていても、「義憤」などという言葉がある通り、実際は感情に突き動かされるようにして行動していることが多い。このスリカエは、自身への言い訳でしょう。社会のために誰かをいさめる行動であるならば、誹謗中傷ではなく建設的な批判であり相手のためを思った助言であるということにすれば、相手をどれだけ傷つけても許されるはずだ、と自分も周囲も納得させることができてしまうのです。理性的な行動だと思い込むことで、かえってそれが苛烈になってしまうのではないだろうかと。

ヤマザキ　それこそ正義の暴走ですよね。

中野　そうなんですよね。この人は野放しにしておくと社会のためにならないから、自分が社会に代わって制裁を加えなければ――そういうエクスキューズができてしまうと、時に相手が自死を選んでしまいかねないほどの、行き過ぎた激しい糾弾ですらも可能になってしまう。これが私の仮説です。だとすると、多様性を許す宗教（多神教）ではなく、まがい物は許さないぞという宗教（一神教）のほうが、より厳しくなっていることも、この仮説を裏打ちしているように思えます。

ヤマザキ　おっしゃる通り、イスラム教にしてもユダヤ教にしても、その戒律やタブーはとっても厳しいですものね。

中野　だから意外とカトリックは、多神教の要素を残している分だけ、比較的寛容な部分はあるのかなという見立てもできます。地域差や時代による違いもあるでしょうけれど。

ヤマザキ　カトリックも一神教でありながら、どこか多神教時代の色を濃くとどめていて、プロテスタントよりも縛りが緩いですからね。カトリック教会のスキャンダルが取り沙汰されるたびにそれを感じます。

中野　じゃあプロテスタントはどうか。アメリカは事実上「ＷＡＳＰ」の国――プロテスタントの国ですけれど、排除の構造は実に苛烈です。これは先の仮説と無縁ではないのではないかと思います。

ヤマザキ　いまだにラテン語でミサをすることも含め、カトリックは今の時代においてもなおローマ的特徴が織り込まれた宗派なんだと思います。それに比べてプロテスタントは潔癖で、寛容であればいいというわけでもない。それを踏まえると、ユダヤ教やイスラム教とどこか似たような感じがするのも確かだと思います。

名君であり暴君でもあった皇帝

中野　ところで、マリさんのお好きな古代ローマの男性は誰なんです？

ヤマザキ　一番好きなのは『テルマエ・ロマエ』で描いたハドリアヌス帝（在位一一七〜一三八年）ですね、彼は素晴らしい建築家でもありましたから。

中野　素晴らしいですよね。西洋建築史にも名を残している。

ヤマザキ　皇帝である以前に一人の知識人であり、そして、二千年の歳月をへても、今なお建造時の姿をとどめる壮麗な神殿「パンテオン」を生み出した。ローマであの建物を見るたびに鳥肌が立ちますよ。それから、ハドリアヌスの時代にはユダヤでの紛争以外は大きな戦争もなく、彼はそれ以上の領土拡張に重要性を感じていなかった。

中野　名君ですね。

ヤマザキ　名君なんだけど、元老院からは暴君とみなされていたんです。

中野　どうしてでしょうか？

ヤマザキ　結局、元老院に煙たがられるんですね。政治よりも学術に興味を示すような皇帝は男として軟弱でしかない。建築だけでなく、ギリシャ文化にも傾倒していたことから、偏りのある人だとみなされていた。

中野　実力と才能を持っていたがゆえに「暴君」とレッテルを貼られたのですね。能力主義ではない社会では、社会通念と合致しない才能を持つ人は、既得権益を持った支配層にとっては邪魔以外の何物でもないんです。権威を揺るがす存在だから。

ヤマザキ　そうですね。スポーツ万能のハーバード卒、みたいな男性が古代ローマに共通するリーダーの理想です。そう考えるとハドリアヌスは皇帝にふさわしい人材ではない。そこで元老院が暗殺を企てますが、それが露見して首謀者が殺されてしまうわけです。実際に手を下したのは皇帝の擁護派だったんですけどね、民衆には「ハドリアヌスが四人を殺した」と伝わって、冷酷な皇帝だという見解が広まった。

その没後の扱いも惨《むご》いものでした。通常の皇帝のような神格化はせず、「ダムナティオ・メモリアエ」というその人物に関する記憶を破壊するという処置がなされそうになった。つまり、彼の彫刻や建造物などといった遺品を一切合切この世から抹消するわけです。

存在していなかったことにする。ハドリアヌスの後継者である穏やかで温厚なアントニヌス・ピウス帝がなんとか元老院を説得して抹殺刑を思いとどまらせることはできましたが。

中野　ただ、元老院に命を狙われるほど嫌われたというのは、さすがに常軌を逸している感もありますが。

ヤマザキ　なにせハドリアヌスは戦争をしてくれないので、領地が拡大されることもなく、したがってローマにお金が入ってこない。彼は防衛力強化と既存の属州の開発推進に力を入れる人だったんです。

中野　なんと……。しかし、彼が戦争を嫌ったのにも理由があるんでしょう?

ヤマザキ　ハドリアヌスはスペイン地方にある属州の街イタリカで生まれたとされています。インテリ家庭に育ち、狩りが大好きで、大自然を駆けめぐっていたのが、子どもの頃、勉強のために大都市ローマの親族に預けられてノイローゼみたいになってしまった。巨大な群れ社会に溶け込めない、繊細な精神の持ち主だったんでしょうね。

それでも頭がいいものだから、時の皇帝トラヤヌスの妻であるプロティナ——皇妃ですね——に気に入られたらしくて、彼が皇帝になったのもプロティナの策略だったという説もあります。

いざ皇帝になったはいいけど、何せハドリアヌスの豊かで繊細な感性は保守的な元老院となじめない。人とつるんだりも彼の好むところじゃない。任期中、何度か国境の巡察目的の長旅に出ていて、長い時間ローマを不在にしました。辺境に赴けば周辺国と平和なかたちでの外交力を発揮し、中枢から離れた場所でローマを守る兵士たちを励ましたり、訓練を見守ったりした。

建築技師も巡察には同行させていたので、例えばギリシャでは古くなってしまった神殿をはじめとした建造物などインフラ修繕も手掛けた。だからギリシャに行くと「ハドリアヌスの」と名前のついた遺跡が多くあります。今でもギリシャ人にとって最もシンパシーのある皇帝はハドリアヌスですね。

それからこれも重要ですが、彼が整えた法制度も官僚機構も、その後ずっと機能していくことになる。俯瞰で自分たちの置かれた世界を見てしっかり分析し、そこに適切な改善策を見いだせる人だったと思うのです。

中野　本当に素晴らしいですね。でも、元老院にしてみれば面目が丸つぶれになってしまったのかもしれませんね。

二人の引きこもり皇帝

ヤマザキ　古代ローマ時代では、ギリシャ系の人は「オタクで女々しくて軟弱」みたいな見られ方をしてたんです。今でいうオタクとは違いますが、彼らは武器よりも勇気を重んじ、そして運動も大事ですが、それ以上に知性を好む傾向が強かった。だからプラトニック・ラブなんかもギリシャ由来なんです。

中野　いわゆるイデアの世界ですね。

ヤマザキ　そうそう。だからオタクは、マッチョ（男らしい）を語源とするマチスモ（男性優位の考え方）に欠けるとみなされていたわけです。

中野　青白いインテリみたいな男性がいたのかしら。

ヤマザキ　文化系に偏りすぎている人は人間としてのバランスを欠いているとみなされるわけです。例えば、暴君の代名詞であるネロ（在位五四～六八年）も、ハドリアヌスにも並ぶギリシャ・オタクだったんで、元老院の連中からは「どうしようもない奴」と捉えられていた。だから、ギリシャ・オタクであることを隠す人たちも大勢いて、マチスモの勢いに押されて引きこもってしまう。右の二人の皇帝も、理解者に恵まれず、どこかメンタルを閉ざしていってしまった。

中野　皇帝なのに！　面白いですね。

ヤマザキ　でも、そういう要素を持つ人物が皇帝であった時期が一瞬でもあったかと思うと、なんだか気持ちがいいですよね。ハドリアヌスの時代にパンデミックは発生していないけれど、もし発生してたらどう対応したのか、興味がつのります。

中野　面白い「歴史のif」ですね。でも、ハドリアヌスの政治のお蔭で発生しなかった可能性だってありますよね。疫病というのは、人災という側面もあります。完全にランダムに発生するのでなく、公衆衛生的なインフラの整備や大衆心理の制御も関わってくるものですから。水道施設が清潔に、あるいは機能を十分に使えなかったりして起こる場合もあるでしょうし。

ヤマザキ　確かに感染症予防にインフラは重要な要素ですね。

中野　それに、戦争状態が長くつづくことによって衛生状態が悪化するということもあり得ます。施政とパンデミックは全く関連がないとは思えない。

ヤマザキ　古代のローマは他のヨーロッパ地域に比べて、疫病による感染死者数が、大きなパンデミックの場合を除いては、極力抑えられていたようです。それはすでに紀元前から水道技術が発達していたからだと言われている。それに由来する浴場の発達も公衆衛生に大きく貢献しているでしょう。道路設備もしっかり整備されて、下水が道路脇に落ちるようになっていたんです。

中野　ローマ人たちの知恵ですね。

ヤマザキ　ところが、ローマが崩壊する時、占領したゲルマン人がまず何をやったかというと、そうしたインフラを破壊するわけですよ。上下水道も浴場も使えなくなれば疫病が発生したら蔓延しやすくなりますよね。

手洗いヨーロッパ地図

中野　二〇一五年にギャラップ社が調査した、ヨーロッパの国別の「手洗い率」のデータがあるんです。トイレに行った後、水と石鹸で手を洗うと答えた人の割合なんですが、ドイツはさすがに高く七八%、前章で話に出たポルトガルはもっと高くて八五%です。反対に低いのは、イタリアの五七%とオランダの五〇%。

ヤマザキ　そういえば、イタリアの公衆トイレに入っても手洗い場では石鹸もなければ水も出ない、なんてのはザラですね。女性も手を拭くためのハンカチを持ってない。

中野　悪いと思っていても、身についた生活習慣はなかなか変えられないものです。

今では感染を防ぐためには手洗いが大切だということは世界中で知られていますが、その重要性が科学的に分かってから百年もたっていないんです。

手洗いの重要性が発見されたきっかけは、産褥熱《さんじょくねつ》なんです。産後のある時期、分娩時の傷からの細菌感染により二日間以上母親の発熱がつづくものですが、この病気は医師の手洗いによって死亡率を一％以下にできるということを発見した人がいるんです。清潔な水が潤沢に使えるかどうか、それは文字どおり死活問題なんですよ。これはセンメルヴェイスというハンガリーの産科医師の功績で、彼は百七十年以上も前にこのことを明らかにしたんです。けれど、手洗いくらいで産褥熱が防げるわけがないと、当時の名だたる医師たちから集中砲火を浴び、排斥されたんですよ。最後にはなんと、頭がおかしいと病院に閉じ込められて、そこで暴行を受けて死ぬんです。

ヤマザキ　エッ、ひどい！

中野　人間って、理性で言い訳をしながら、感情が暴走するままに異質な主張をする者を排斥し、追い詰めてしまうんだなって改めて思いますね。

学者や医師という科学の徒でさえもそうなのだ、ということには、心底ゾッとします。

歴史に学ばない政治家たち

ヤマザキ　今回のコロナが蔓延したブラジルの貧民街（ファヴェーラ）なんて、水道設備が整っていないから、日常的に手を洗うこともできない。

中野　むごい。まさに人災です。政治の「治」は治水の「治」と書くように、治水ができる人が有能な政治家であるという見方は正鵠《せいこく》を射《い》ていると思います。治水と感染症とは決して無縁ではない。為政者の徳という言葉を持ち出すまでもなく、本当に国家の未来や国民のことをどれだけ考えているかどうか……。

ヤマザキ　その点で、今のブラジルは哀れですよ。ボルソナロ大統領という人は、国威発揚と経済にしか目が行かない。「経済最優先、国民の命はその後」と言い切ってはばからない人ですからね。「劣悪な環境に置かれた人たちは、もともといなくていい人たち」が持論で、ファヴェーラのことなんかも切り捨て。こうなるとジェノサイドと変わらないですよ。古代ローマ人よりも遅れている。

中野　人間は逆行することもあるということですね。

ヤマザキ　歴史に学べていないですね。古代ローマ人は、当時の医師たちが彼らに分かる範囲のことをしっかり記録として残しています。あれは、昔の疫病は自分たちの時代の疫病とどこがどう違ったのかを比較するための貴重な記録文書なんです。ところが、今回にしても、日本の専門家会議は議事録を作っていないらしい。あれはどうしてでしょうか。次にパンデミックが起きた時に参考にしようって気はないのかしら。

中野　ただ、ブラジルと日本を同列には考えられないようにも思うんです。日本は水道設備も整って清潔な暮らしを送ることができるけれど、それが仇《あだ》になっているところもあるのかもしれない。感染防止対策で必死になって走り回る人がなかなか評価されないのも、インフラの恩恵が大きいがために目立たないのかもしれません。

ヤマザキ　確かに。ブラジルのように、喫緊に実力者が求められている国とは違うかも知れません。日本はこれまで、なんとなくうまくいっているので、対策や改革のできる実力者に対する強い枯渇感がないかも。

中野　むしろハングリーに動きまわる人は「イタい」って言われちゃう。

ヤマザキ　言われますね。いかにも空気教の国・日本ですよ。とはいっても、このまま安閑《あんかん》としていると、ものすごいしっぺ返しを食らうことになりかねません。それがいちばん恐ろしい。

中野　海外から「ミラクル・ジャパン」とか言われて、浮かれているようでは危ないです。第二次世界大戦期も漠然と「日本は勝つ」と民衆が思い込んでいたのをどうも想起してしまう。カミカゼを期待してばかりではねえ……。

イデアのギリシャとリアルのローマ

中野　先ほどギリシャ・オタクの話が出ましたけど、私、数学の先生からこんなことを教わったことがあるんです。数学では「面積のない点」「太さのない線」というものがあるけれども、それは古代ギリシャ的な思考であり、ローマではあり得ない。なぜなら、建築を重視した古代ローマにおいては、太さのない線や面積のない点は考えられないからだと。

ヤマザキ　建築というのは、あくまでも実学ですからね。

中野　マリさんのお好きなハドリアヌス帝が建てた物ではパンテオンが知られていますけど、ティヴォリにあるヴィラも世界遺産になっていますね。

ヤマザキ　「ヴィッラ・アドリアーナ」と呼ばれる広大な別荘ですね。

中野　そこがギリシャの「イデア」とは違うところですね。王様の空想で終わらせず、実際に建ててしまう。

ヤマザキ　でも、先ほども言ったように、元老院の考え方としては、一般的な知識人があれこれ議論するのは構わないけど、一国の長たる人間がイデアなんかにのめり込んでもらっては困る、というのがあるわけです。

中野　そういうところでもハドリアヌスは元老院とそりが合わなかったんですね……。理想をとるか現実をとるかの二項対立でいえば、ローマは圧倒的にリアルに寄っていたんですね。

ヤマザキ　そうです。例えば、いろんな属州から盗んできた文化や技術を、商業化してしまう傾向がある。

中野　マネタイズ――収益化を図ったわけですね。

ヤマザキ　その点では日本も似ていて、もともと蒸気機関車を走らせる技術は海外から持ってきたものなのに、やがて世界に冠たる新幹線に進化させたんですから。もっと身近なところだとウォシュレット。しばらく前まで私たちは和式トイレを使っていました。あの木の蓋《ふた》を取ると、底から音がしてくるような恐ろしい穴がぽっかり空いている。それが今では自動でカバーが開いて音楽が鳴ったり、事後に乾かしてくれたり。

中野　便座もあったかい。

ヤマザキ　それも古代ローマと同じ、マネタイズの結果でしょう。

中野　ああ、そういうところが似てるのかあ。面白いですね。

ヤマザキ　ローマの建築技術にしても、もともとはギリシャ人がつくり上げた概念を合理的につくり直したものです。たとえば劇場。ギリシャの場合は、市民が倫理観や道徳観を養うために喜劇や悲劇を見る場として設けられたもの。心を洗って、おのれのあり方を考える機会を提供したわけです。それがローマになると、観衆の前に自分を晒《さら》し、承認欲求を満たす場となっていった。

ギリシャで遺跡を巡っていると、厳《おごそ》かな神殿の敷地の外側に商業施設の遺構のようなものが残っているんですが、それは全部古代ローマの支配下に置かれてからできたものなんです。お土産の他に、他人様《ひとさま》に見せるためのアクセサリーとか素敵なトーガ（一枚布の上着）とか売ってたのかもしれない。

中野　面白いですねえ。

ヤマザキ　オウィディウスという詩人の書いた『恋愛指南』という当時の本には、劇場に行った時あなたは通路で出会う人にどんなモーションをかけたらいいか、といったことまでアドヴァイスされています。

中野　さしずめ出会い系の恋愛攻略本というところですか（笑）。すぐれて現世利益的ですね。けれど、そんなリアルを求める国にキリスト教が流行ったということには、やはり違和感があります。この世で身を律して欲を捨てて生きることがパラディ（天国）に行ける条件である、という教えだと思うんですけど、こんなに現世利益的な人々が、それをよく受け入れましたね。

ヤマザキ　それにお答えする前に、ちょうどいま私が描いてる『プリニウス』（とり・みきとの共作）の時代背景についてお話ししていいですか。

中野　博物学者にしてローマ艦隊司令長官プリニウス（二三年生～七九年没）の時代ですね。

ヤマザキ　あの時代のキリスト教というのは、今でいえばＩＳ（イスラム国）かオウム真理教みたいなのに近いカルト集団だったはずだと考えています。当時の記述を読んでも、困った奴ら、みたいに捉えられている気配が強い。

それがどうして信者を増やしていけたのかというと、まずギリシャもローマも奴隷制度を基盤とした社会ですから、この世の不条理に苦しむ奴隷が多く、誰でも平等に守ってくれる場所を探し求めていたということがありますね。その受け皿になったのがキリスト教だったわけです。

奴隷ばかりじゃない。プリニウス自身、闘技場で象とグラディエーター（剣闘士）が殺し合うのを見てすごく心を痛め、そのことを『博物誌』に書き留めています。奴隷やプリニウスや、そうした人々の中に本質的に備わっている慈愛のような感情を受け止めたのも、やはりキリスト教だったのです。

中野　なるほど。慈愛がキーワードなんですね。

ヤマザキ　ついでに言っておくと、剣闘士をコロッセオで闘わせるのは、市民にパンを無償で提供していたのと同じく、時の皇帝の人気取りにも影響していたからです。エキサイティングな見世物をみせてカタルシスを与える。もう一つは、反乱や暴動が起きないようにというガス抜きとしての要素もあった。いってみれば、コロナで自粛させられているわれわれに、不満が溜まらないように娯楽を与えるのとおんなじですよ。

集団としての成熟

中野　その可哀そうな人や動物に共感する感情は、多くの人が持っているんですね。私も著書（『サイコパス』文春新書）に書きましたけれど、九九％の人はそれを持っていて、残りの一%は持っていない。その感情をつかさどる領域は前頭葉にあって、生まれながらに備わっているものではあるけれど、ちゃんと育つのに相当時間がかかる。子どもが意外なほど残酷に振る舞うことがあるのは、そこが未発達だからなんです。

ヤマザキ　虫眼鏡で日光を集めてアリを焼いてみたりとか、やりますよね。

中野　大人になっても育つはずのものが育たないケースもあって、そういう人をソシオパス——反社会的な行動や気質を抱えた人——と呼んだりもします。

ヤマザキ　なるほど。今のお話を聞いて思ったんです。ギリシャの市民は、劇場で父殺しとか近親相姦とかスキャンダラスな題材の悲劇・喜劇を観て、そこに思い入れを持ったり反感を覚えたりしながら自分たちの生き方・思想を育てていくんですね。それが時代をへて、ローマでは大観衆の盛り上がりの中で剣闘士が殺し合ったり、時にはライオンと闘ったりするのを目にして、なんて野蛮なことを、と思う人が出てくる。これも人類としての成長であって、そこに至るにはそれだけの時間が必要だったのかなと思うんです。

中野　集団としての成熟があったんですね。私は、個人のサイコパシーに目を向けて本を書いてきたんですけど、集団としてのサイコパシーっていう考え方もあるかもしれませんね。

ヤマザキ　集団としての成長というのもありかも。お話を聞いてふと思ったんです。

中野　その場合、慈愛や共感が必ずしも集団のサバイバルにとって有利にならなければ、攻撃的な感情というか、相手の気持ちが分からないほうが生存に有利となりますね。そうすると、集団は共感性を育てない方向に働きかけるのか……。

ヤマザキ　それ、自粛警察なんかにつながっていくのかしらね。

中野　これは面白い思考実験ですね。自粛警察の場合は「他人様に迷惑かけちゃいけません」という過剰な共感性ともいえるわけですが、正義を行うための共感能力が暴走する帰結として、正義のためなら誰かを殺していい、というトリッキーなことが起きるんです。正義の前には人の命など吹き飛んでしまう。その例はいくらでも挙げることができます。カンボジアの内戦と虐殺、ナチスによるホロコースト、密告を奨励するかつてのソ連……。

ヤマザキ　中世から近世にかけての魔女狩り。そういうのって、社会全体が脆弱になっていくと、きまって現れるものなんでしょうね。

「排除」の心理的メカニズム

中野　社会不安が高まったときに、この社会は自分たちの手で守らなければ、という心理が働く。そのときの脳内にはオキシトシンが増えて、社会を自分よりも優先するほうに作用するので、自分を社会よりも優先している人を見ると、その人を真っ先に攻撃し始めるんです。まず標的になるのが、自分だけが得をしていそうな人はもちろん、異質な人。魔女もその一例ですね。

ローマでは、属州出身の人は嫌な目にあったりしましたか？

ヤマザキ　それがそうでもないんです。初めのうちはそういう排除の動きもあったと思うけれど、でも、ローマは急速にグローバリズムが進んで、次々に属州が増えていく。属州が増えると経済的には裕福になり、奴隷もたくさん入ってくる。異質な人が増えることのデメリットよりは、先ほどの話にあったように、異文化をうまい具合に商業化することも含め、メリットのほうが大きいと捉えている。その果てに、属州出身の皇帝まで出てきますしね。

中野　それがトラヤヌス帝（在位九八～一一七年）ですね。

ヤマザキ　一世紀が終わるころ、トラヤヌス帝が誕生します。彼の治世においてローマの版図が最大になるんですが、私はバラク・オバマが米国大統領になった時、ちょうどシカゴに暮らしていて、アメリカ人の熱狂を見ながら、トラヤヌスが皇帝になった時もこんな感じだったのでは、と思ったんです。

中野　トラヤヌスは属州の出身でしたからね。

ヤマザキ　今のスペイン南岸部、アンダルシア地方に位置する属州の出身で、ハドリアヌスも同じ場所の出身ですが、ローマ本土出身の貴族以外では初めて皇帝位に就いた人です。もともと父親が元老院議員だったりと高貴な家柄の人ではありますが、とにかくこの人の登場によって、世襲ではなく有能な人が指導者として選ばれるという、それまでとは違った新しい感覚が帝国全体に広がっていきました。

属州はただ拡大させるだけではなく、そこで生まれる利点をしっかりと活用の方向へ持っていく。版図を拡大したローマ帝国では、属州の出身者や奴隷たちの手を借りないと市民社会が成り立たないことを、本土の人は早くから認識していたわけです。

中野　ああ、やっぱり古代ローマの人々は現実主義的ですね。

ヤマザキ　ですから、ローマは多種多様な民族や文化を抱えてしまったので、「これこそがスタンダード」という物差しがなくなった。いってみれば混沌の世界――。そのへんが、どこを見ても金太郎飴のような今の日本の社会状況とは違いますよね。

中野　日本では、イジメの標的にならないためにはどう振る舞うべきかが議論になったりするけれど、すべての人が標的になることから解放されるためには、みんなが異質だよ、という状態をつくることが最も堅牢な解決策になり得ますね。

ヤマザキ　そう。イタリア人のように皆ちょっと変人だったら、大変ではあるけど、今より気楽になる人も増えるんじゃないかなと。変人っていうのは偏見ではなく、面白い、個性的なという意味で。

中野　ハハハハ。イタリア人は全員がちょっと変人なんですね。

ヤマザキ　空気を読む、なんて彼らにとっては意味不明だと思いますよ。それと、周りの反応を意識し過ぎても「周りなんか気にせず自分の頭で考えて行動しろ」と叱咤されるでしょう。

中野　翻《ひるがえ》って、日本はそれとは対照的です。

ヤマザキ　私が時折感じるイタリア人との様々な齟齬《そご》も、ローマ人とであれば無かったかな、と思うことが度々あります。ローマ人と日本人の相似点は入浴習慣以外にもいろいろありまして、例えば先ほど述べたように、属州から取り込んだ様々な文化を商業化する能力に長けていた点もそうですし、個人も家族も社会でどう評価されるかが何より重要だった、というところも同じではないかと思います。

現在のキリスト教社会におけるイタリア人にとっては、母親や父親や兄弟など家族の存在が社会よりも優先される。だから、おおいに変人として生きることも許される。しかし、古代ローマ人は社会で評価されなければ家族から敬《うやま》われることも難しかった。そこは今の日本とも重なるものを感じます。

中野　確かに。ただ、ローマは版図を広げた結果、疫病にかかるリスクも広がったのではないですか？

ヤマザキ　まったくその通りですね。すべての道に通ずるローマの道は疫病も運んできてしまうわけです。「すべての感染症はローマに通ず」。

第3章　古代ローマの女性と日本の女性

原田知世vsレディー・ガガ

ヤマザキ　日本って、ものすごいアイドル文化国ですよね。私の周りに、現在六十代のクリエイター系の人たちで、若い頃から原田知世さんの絶大なファンが何人かいるのですが、そのうちの一人にこの特徴的な傾向はどうしてなのか聞いてみたことがあるのです。私がアイドルというものを持ったことがないので、その心理を理解したいと思ったからなんですが、「原田知世さんが理想のお嫁さんだったってことですか」と聞いてみたところ「そういうことじゃないんですよ」と。彼に言わせると、原田さんはギリシャ神話のピグマリオーンにおけるガラテアのような存在だと。自分の造形した彫刻であるガラテアを好きになってしまうという話です。要するに自分がこうなればいいという理想のイメージなのかと。まあ、個人差はあるのでしょうけども。

中野　……と解説していただいてもよく分からない。

ヤマザキ　その時、世の中には、自分が既成概念で象《かたど》られた「男」であることに負担を感じている男性が、結構いるんじゃないかと思ったんです。ナイーブで、マッチョじゃないタイプの男の人。今はオトコ社会だから、男性が背負わされる責任の重みも分かりますしね。そんな彼らが「時をかける少女」（一九八三年公開）の原田知世さんを見て、「この少女は自分がこうありたい姿」と感じるってことなんじゃないかと……。

中野　あ、もしかして「風の谷のナウシカ」（一九八四年公開）ですかね？

ヤマザキ　そうそう、ナウシカ。

中野　ジブリ映画の主役級の女の子は、そういう類型に描かれていることが多いですよね。宮崎駿さんのフェティッシュが投影されたキャラクターなのかもしれませんけれど。多くの男性が社会の重圧につぶされそうになって「女性はうらやましいな」なんて思っているその時、その社会の重圧を軽々と越えていける少女に偶然出会ってしまった——それがナウシカであり、原田知世さんなんですね。

ヤマザキ　そうです。時をかける少女であり……。

中野　……なるほど、世界を変えることができる少女なんだ。

ヤマザキ　もちろんアイドルへの嗜好は世界中にあります。男性に限らず、女の人だって自分のアイドルを持つわけですが、ヨーロッパの場合は、憧れとか恋愛の対象としてのアイドルは持っても、自分をそれに重ね合わせる対象としては考えていないんじゃないかな。だから、あちらのスターはファンのことはおかまいなしにどんどん結婚するし、不倫しようとドラッグをやろうと、ファンにとっては素敵なものは素敵であり続ける。

中野　あちらのアイドル的な人って誰なんでしょう？

ヤマザキ　一人挙げるとすれば、レディー・ガガかな。いろんな苦難を乗り越えて、あれだけ才能があって、みんなを引き寄せられるカリスマ性もあって。

中野　エイズやいじめ撲滅とかの社会貢献活動に熱心で、ジェンダー差別の問題にも理解があって、そういえば東日本大震災の際には自分でデザインしたブレスレットの収益金を日本の被災者に贈ってくださったんですよね。彼女はまさにアメリカらしい理想を体現する人という感じ。「時代のアイコン」というべき存在だと思います。

ヤマザキ　そうです。ある意味そういうかたちの宗教というかね、女神的な要素を持つ人だと思う。例えばミネルヴァ神であったり、ダイアナ神であったり。すでにその性格や個性が確立していて、決して自分仕様に解釈したり、自分の好きなように象ることはできません。日本ではなかなか求められないスターかもしれない。

ただね、イタリアでも女神的な存在は減ってきているんです。イタリア男性も草食化してきて、女性のお尻を追いかけまわしたり、ジロジロと見つめるようなことは、最近ではほぼありません。かつてそういう習慣がなぜあったのかとインタビューで問われた男性が言うには、「だって、女は女神だろ。子ども産んで、育てて、あれだけの心配を一身に受け止めて、それでも同時にいろんなことができるなんて、俺はあり得ないと思う。だから崇《あが》める気持ちを込めて、じろじろと見てしまうんだ」って。今はそういう解釈がなされなくなってきたのか、女神としての重要性が無くなってしまったのか。

恐れられ、縛られていた古代ローマの女性

中野　少し前まで、イタリアの女性は強くて頼りになる女神みたいな存在だったわけですね。じゃあ、古代ローマの女性はどうだったんですか？

ヤマザキ　階級にもよりますが、上層になれば男性はかなり女性に縛られていたんじゃないでしょうか。男性もそれをわかっていて「こいつらを野放しにしておいたら、社会は大変なことになってしまう」というので、女性を卑《いや》しめたり、家庭に縛りつけるような社会の動向を築いていったんじゃないでしょうかね。

中野　ということは、男を蔭で操った女性がいたわけですね？

ヤマザキ　例えば初代皇帝アウグストゥス（在位ＢＣ二七～ＡＤ一四年）の妻リウィアは背後で皇帝を操っていたと言われる女性ですが、帝の死後、再婚だった彼女は、自分の

連れ子を次の皇帝に据えます。そのあとは、この二代目皇帝の血が受け継がれていくんだけど、それぞれの皇帝の背後にはやっぱり女たちがいた。これが貴族階級になるともっと分かりやすくて、表にしゃしゃり出てくるものだから、権力者はなるべく女性が表に出てこないよう策略をあれこれ考えなければならなかった。なんせ、女性の家族が夫より裕福な場合は離婚も女性から申し出ることができたのですから。とにかく何をしでかすかわからない。

中野　なるほど。それでなるべく家庭に閉じこめようと。

ヤマザキ　平民の女性はどうだったのか。当時は売春が大っぴらに行われていて、セックス・ワーカーの比率が今と比べるとかなり高かったと思われます。私の漫画の主人公もそうですが、ローマの男性は家庭の妻が怖くて、夫婦関係が機能しなくなる人も多かったんじゃないかなと。当時はまだカトリック的な性の倫理もありませんから、男性が妻以外の女性と関係を持つこともタブーではありませんでした。

ローマ時代は小規模な都市にも必ずルパナルと呼ばれる娼館があり、遺跡もいくつか見つかっています。ポンペイのルパナルが保存状態も良く当時の娼館の様子がよくわかりますが、建造物の壁には「あの女は素晴らしかった」「いくら払えば○○をしてくれる」「来た、やった、帰った」などという落書きが残っていたりします。今で言うネットの店の評価にあたると思うのですが、中にはカリスマ娼婦もいて、さまざまな男との接触で人生経験が豊富なものだから、政治家や実業家の男性にヒントを授ける頼れる存在だったのです。それと、巫女もそうした役割を担っていました。

中野　ああ、神殿娼婦ですね。

ヤマザキ　例えばヴェスタの神殿に行くと、そこにいる巫女が性的な要求にも応えてくれました。もちろん人生の悩みを聞いて神託を授けてもくれたので、妻以外の女性の力というものは侮れなかったのです。

中野　ハウスキーパーとして妻がいて、心の癒しは神殿娼婦が引き受けたわけですか。

日本女性の体の奥でうごめくもの

ヤマザキ　うちの夫が興味深いことを言ってました。アルゼンチンタンゴが趣味の彼は、どこの国に行ってもミロンガというタンゴのサロンへ足を運ぶのですが、「日本の女性には他の国の女性とは違う独特なものがある」って。「最初は恥ずかしそうに微笑みつつ可愛らしい感じで近寄ってくるんだけど、踊っていると彼女の体の中で得体の知れない力がうごめいて、こちらが巻き取られそうな気がしてくるんだよ」と言うんです。私もよく分からないんだけど、何かマグマみたいなものを感じるらしく、ひょっとして古代ローマの女が持つ力に似ているのかも。

中野　ミシェル・ウエルベックというフランスの作家がいるのですが、最近読んだ『セロトニン』という小説は、日本人の女性を愛人にしている男が主人公なんです。その日本人女性の描写をみると、うわべはアートも理解できて、ワインの味も分かって、一緒に街を歩くと箔がついて——フランスでは日本の女性を連れ歩くのがステイタスみたいなところもまだあるんです。だけどこの登場人物の女性はひと皮むいてみると、金とセックスへの欲望がすごくって……。奥ゆかしく教養にあふれているけれども、体の奥底にひそむ欲望のすごさとのギャップを描いているんです。私の周りのヨーロッパ人に聞いてみても、「夜は積極的だよ」みたいなのが共通認識らしくて。

ヤマザキ　それ、日本人を彼女に持つ外国人はみんな言いますね。もちろん例外はあるけれども、ほとんどの外国人は「日本の女って古風だね」という言い方をする。古風という言葉の意味は、昔のヨーロッパの考え方に似ているということ。昔は、自分が生き延びるためには財力が大切であったし、それと子孫繁栄にも心をくだいた。それを可能にするのは、子どもをたくさん産む母の力、すなわちセックスですからね。もちろん多産の傾向はもうとっくにありませんが、パートナーの財力が自分にとってのステイタスと命綱、と捉えている人はいます。そんな古い考え方を先進国と言われる日本の女性が持っているのか、という驚きが「古風だね」に込められているんだと思います。

「可愛くてセクシー」は嫌われる

ヤマザキ　大学でイタリア語を教えていたとき、一人の女子学生がイタリアに留学したいと言うので、シングルマザーで左翼系フェミニストの大学教授と、大学院生の娘さんのいる家にホームステイさせたんです。彼女たちが受け入れてくれるというのでその言葉に甘えたわけですが、それから間も無くその日本の女子学生から私に泣き声で電話がありました。「ひどい目にあったので日本に帰りたい、留学はもうやめたい」と。何があったのか尋ねると、どうやら滞在先の女性たちに嫌がらせをされたらしいんですね。

真夏だから、ステイ先の娘さんが海に誘ってくれたんですが、そこには彼女の友人たちが全員カップルで待ち構えていた。せっかくネイルをキラキラさせて、付け睫《まつげ》にカーラーで髪を巻いていったのに、その場にいる女性たちは誰も気合いの入ったおしゃれなどしていないし、浮いてしまったうえに誰にも相手にされず、一人ぼっち。それでも「チャオ」「ボンジョルノ」みたいな舌足らずなイタリア語で恥ずかしげに話しかけてみたら、男たちが彼女の可愛らしい振る舞いにやられちゃった。それを見た女たちが「お前、帰れ」と。そんなことがあったので、女の子は「私はイタリアが怖いので、もう行きません」って（笑）。

中野　なかなか含蓄に富んだすごい話ですね。

ヤマザキ　イタリア女性にとってのセックス・アピールはソフィア・ローレンがわかりやすい例ですが、女神として崇められる肉体を見せるのはありでも、日本で言う癒し系とか、ソフトに淫猥な感じの女性は滅多に見かけません。日本に来たイタリアの友人が飲み会の場で、女性たちが男性に甲斐甲斐しく飲み物を注ぐのを見て「女にボトルを持たせて接待させるなんて、信じられない」と呆れていたことがあります。欧米では男性のプライドを傷つけないように尽くす女性は同性に嫌われるでしょうね。まあ昨今の日本でもあからさまにそういうことをする女性は嫌がられるでしょうけど。

だけど、古代ローマの女は、どうやら現代とちがって、女性らしさを出していた気配がある。

中野　『プリニウス』でポッパエア（皇帝ネロの二番目の妻）が描かれていたんですけど、結構こういう女性、今の日本にもいるなと思いました。言ってみれば「プロ彼女」かな。

ヤマザキ　プロ彼女って？

中野　芸能人に代表されるような富裕な男性を狙って付き合い、彼らの好み通りに振舞う一般女性のことを言うんです。有名人の彼女になることを目指すって、普通の女性にはなかなかハードルが高いと思いますが。

ヤマザキ　そういう意味なら、ローマ時代はプロ彼女がいっぱいいましたよ。カネこそすべて、生き延びるための一番の要はカネ、ですからね。

中野　ネロみたいなお坊ちゃんはイチコロでしょう。

ヤマザキ　でも、ネロには母親に縁組された前皇帝の娘であるクラウディアという正妻がいた。それを手練手管でもって離婚させ、後釜に入り込んだのがポッパエアという女ですよ。ローマ時代には、そういう女がサクセス街道まっしぐらでしたが、今のイタリアではそんな気配はない。大富豪ベルルスコーニ元首相の妻も美人女優でしたが、夫の悪行に愛想を尽かして、結婚何十年目にして「耐えられません、さようなら」と去っていった。

中野　今のイタリアでかっこいいのは、自立して、自分の意志で人生を設計していける女性ですね。

ヤマザキ　そう。だけどそれもやりすぎになると、ジェンダーが失われて、さすがにイタリア男もそれには食傷気味になっているのが現状です。

中野　女を口説くこともできない草食男子が増えちゃったんですか。

ヤマザキ　そう。今、日本に暮らすイタリア人は大勢いるけれど、彼らにはあの強いイタリア女たちを落としたいと思う気力もエネルギーもないように思えます。イタリア女と付き合えば年がら年中愛を囁《ささや》かなければならないし、ちょっとでも浮気心を抱けば激しく嫉妬されるし、子どもを産めば無敵のマンマと化してしまうし。確かに日本の女性のほうがよほどいいや、となるのはわかる。私が学生時代に付き合っていた人も、別れたあとにやはり日本の女性と結婚しました。

中野　ああ、それはフランス人も一緒で、「アジ専」と呼ばれる人たちがいます。アジア人女性専門で、ヨーロッパの白人女性は苦手だという。

ヤマザキ　ヨーロッパの女性を相手にすると、自分の存在が薄くなってしまいますからね。自分が居るのに居ないみたいな。「俺は単なる種馬でしかないのかよ」みたいな気持ちになっちゃうらしくて。結局、現代のイタリア女性は男にとっては「圧」、文字通り、男性を押し潰してしまう傾向が強い。うちの舅も困難期のピークを通り過ぎてお坊さんみたいになってしまった（笑）。

中野　そうか。男の人を透明にしちゃうんだ。

ヤマザキ　ポッパエアもネロを相当ないがしろにしたようです。最後は妊娠中であったにもかかわらず、キレたネロに蹴り飛ばされて死んでしまったと歴史家は記していますが、その中にはこういう説があります。ネロが歌やリラ（弦楽器）を披露する舞台だったと思うのですが、人前でやらかしたミスをポッパエアが「あそこ、ちょっと残念だったね」みたいに指摘したために、ネロが逆上したと。それが本当だとすれば、ネロにすれば、自分の全てを受け入れてくれるべき伴侶から、自分の存在が否定された、透明にされてしまった、と思ったのかも知れないですね。

中野　男の人は多くの責任を負うことの重圧もあるだろうけれど、その重圧を背負ってこそ男、みたいな自負もあるんだろうな。

ヤマザキ　私の知り合いの仲良し夫婦も、奥さんのほうが何でも完璧にこなす方で、旦那の仕事の評価もする。「あそこはもっとああすればよかったかも」などと指摘されて、夫は愛想笑いすらできずに黙り込んでしまう。

中野　男が透明にされちゃうんですね……。

ヤマザキ　案の定、それからしばらくして、旦那の浮気が発覚しました。

クレオパトラへの嫉妬と憧れ

ヤマザキ　ローマ人の呪いも半端ないですよ。ローマ市内にあるとある美術館に行くと、「呪いの鉛板」と呼ばれる鉛製の板が山のように展示してあって、その多くには特定の人物を呪う文句が彫られているんです。呪いの記号だったり絵だったりするから何を意味しているのかわからないんですけど、二千年の時を経てもなお見つめていると背筋にいや〜なものが走る。

中野　人間のネガティブな感情ってすごいですよね。ポッパエアが妊娠した時の呪いの人形みたいに、人型のものもあるんですよね。

ヤマザキ　たくさんあります。藁《わら》人形のはしりみたいなものでしょうね。だいたい女の人の嫉妬によるものが多い。

中野　嫉妬と妬《ねた》みって実は違う感情なんです。妬みは、自分よりも成功した人とか、自分よりも上の何かを持っている人に対して、下から「引きずり下ろしてやりたい」という感情なんですけど、嫉妬は、自分の地位が誰かに脅かされるんじゃないか、自分の妻を誰かが奪いにやって来るんじゃないか、自分の夫を若い女がかすめ取ろうとするんじゃないか……そういう誰かに先手を打って亡き者にしてやろう、という感情なんです。

ヤマザキ　例えばクレオパトラという人は、ローマの女性たちから相当妬まれていた女性だったと思われます。一般的な人のイメージするクレオパトラは、エリザベス・テイラーが演じたような高貴な感じの女性ですけど、実際は違ったと思う。まさに「プロ彼女」ですよ。

中野　そんなに相手に合わせる人だったんですか。

ヤマザキ　小柄だけど、つくべきところには程よく肉がついていて色気がある。知性も旺盛だけど、それは普段はあまり表に出さず、男性が本当に困っている時には優しい口調で鋭いアドヴァイスをする。かと思うと、時にはおバカすら策略的に演じられる女。これが私のイメージするクレオパトラです（笑）。

中野　すごい！　それはなかなかいませんね。

ヤマザキ　クレオパトラに自分の夫を寝取られたと知ったとき、カエサル（BC一〇〇年頃生～BC四四年没）の妻はどう思ったでしょうか？

一度、仲の良い友人に「もしあなたのダンナが浮気したらどうする？・」と聞いてみたことがあって、「いかにも自分より落ちる人と浮気されるのは嫌だけど、私の上をいく女の人と恋に落ちたなら、その時はあきらめると思う」と。なるほどなと思いましたし、自分もそうかもしれません。

中野 その女がうんといい女なら、逆に嬉しくなる気がしますよね。

ヤマザキ そうですね、よくやった、と思うかも。

中野 私もきっとそうなると思います。「よくそんないい女を見つけたね」と、きっと夫を誇らしく思うでしょうね。

ヤマザキ たぶん夫を寝取られたカエサルの妻も「相手がクレオパトラなら仕方がないな」と思ったことでしょう。妻だけじゃなく、何人もいたカエサルの愛人たちも全員「あの人なら太刀打ちできないし、仕方ないな」と思ったはずです。

そもそもカエサルがエジプトの女王であるクレオパトラを狙ったのは、属州をうまく統治していくための戦略でもあり、その成否にローマの繁栄がかかっていたという背景があったわけですからね。政治的策略に嫉妬や妬みを抱いている場合ではない。

中野 カエサルの妻にとっては、クレオパトラぐらいの格になると、もうこれは妬みを通り越して、憧れの対象になったことでしょう。自分が引きずり下ろせるような相手ではないと分かった時点で、もう勝敗は決している。それにしてもクレオパトラって、それほどすごい女性だったんですね。

イタリアの母と息子の気持ち悪さ

中野　古代ローマと現代日本でポッパエア的な女性がウケる理由は、男を透明じゃなくしてくれるからなんですね。

ヤマザキ　母性が求められているからだと思うんです。古今東西、母親には息子が何をしても許してしまう傾向がある。どんな失敗をしても否定したりせず、取りあえず褒める。それを私は姑を見ていて学びました。自分の息子である私の夫を、なにはともあれ褒めるんですよ。イタリアのマンマは、娘と息子がいると、どうしても息子のほうを大事にしちゃう。そうすると、娘は兄（または弟）に強いコンプレックスを持つ――それがイタリア家庭のステロタイプですね。マンマは息子を猫かわいがりするうちに、夫の愛なんかどうでもよくなっていく。たとえその息子が妻帯してもお構いなく、ね。

中野　なんと……。それは大変そうですね。

ヤマザキ　私が夫と結婚した時も、姑の行動が想定外過ぎて、毎日戸惑いの連続でした。当時夫はシリアのダマスカスに住んでいたんですが、私が日本に帰ると入れ違いで必ず息子のところへやってくる。私がいない間、客間があるにもかかわらず、私のベッドで寝ていたと聞いた時は、さすがに逆上してしまいましたよ。なのに、夫は私の怒りが理解できなかった。でも友人に聞くと、うちだけの傾向というわけでもないらしい。

今はもう姑が私のベッドで寝ても何も感じませんけど、異文化を受け入れるのは、それくらいに大変なことなんです。

中野　人間関係の中でも、母子の関係ってわりとコアな部分です。男女を入れ替えて言ってみれば、自分の奥さんが実家に帰った時、その父親とまだお風呂に入っている、みたいなことですよね。さすがにちょっと気持ち悪いのでは。

ヤマザキ　イタリアでは、五十や六十を過ぎたオヤジが一日に二回も三回も八十歳のマンマに電話していますよ。そして、できれば週に一度や二度はマンマに会いに行く。もちろんこれも個人差はありますが、ほとんどの男性にとってやはりマンマは絶対的な女神なんです。

自粛期間にテレビで「ゴッドファーザー」三部作をやっていたので、ＤＶＤがあるにもかかわらず改めて鑑賞したんです。これだけ回を重ねて見ると、なぜマフィアという組織が生まれたのか、経済が社会にどんなふうに入り込んでいて、ファミリーや集団という塊がそれらと関わるとどうなるのか、今まで以上に具体的に見えて面白かった。そしてあらためて、マンマの力は普遍的なものだということに気づきましたよ。

女から誘ってもよくないですか？

ヤマザキ　うちの夫がだいぶ前に食事中にこう漏らしたことがあるんです。「実のところ、女の人のほうが男で、男の人のほうが女だよね」って。自分の父親が母親の前でちっちゃくなってるのを見てそう言ったんですね。確かに私が見ても義母の方があちこち飛び回っていて、狩猟民族みたいで。

中野　男は可哀そうだと思いますよ。女性の権利をいろいろ言う人は、男性がそうせざるを得なかったのっぴきならない事情を解消してあげるのが先決で、もう少し男性たちが抱える重荷についておもんぱかることがあってもいいのかなと。そうするほうがどちらも気楽だし、おたがいの良い所を生かしながら仕事ができると思うんです。

ヤマザキ　そう。男性の考え方が遅れているんじゃなくて、女性も遅れているのだと言えますね。

中野　本当は男性もすごく繊細だったり、女性以上にいろいろ気がついちゃうところがあるのに、それが生かせていない。もったいないなと思います。男性のジュエリーデザイナーとか、すごい繊細だったりするんですよ。

ヤマザキ　男性は、社会性のある男性らしさを表に出している人よりも、マニアックでオタクで、変な発想力を持っている人のほうが、会話してても楽しいですね。

中野　そうですね。変なマッチョイズムにつぶされないでいてほしいですね。私が思うに、女性が女性としてのルサンチマンをためすぎて、男の人を攻撃しちゃうことってあるでしょう。

ヤマザキ　それはある。日本だけじゃない、世界中そうかも。

中野　でも、男の人はせっかく男女のバランスを取ろうと頑張っても、攻撃されちゃうと、がっくりくるんですよね。

ヤマザキ　男の人に「男はこうあるべきじゃない？」とか「一緒にご飯食べたら男が払うものじゃん」とか押しつけないで、そういう決めつけをそろそろ払拭しないと。

中野　女性側が男性に期待しすぎなところもあるんですよね。べつに割り勘でいいのに。

あと、なんか男の人から誘わないと駄目みたいに思いこんでいる人が多くて。女から誘ってもよくないですか、と言いたい。

思いこみはほかにもあって、今、テレビに出るときの女性アナの服装にも規制がありますよね。

ヤマザキ　それ、私もずっと疑問だったので詳しい人に聞いたことがある。フランスやアメリカのニュース番組では、女性キャスターは胸元の大きく開いたブラウスとスーツ、あるいはパンツ姿が普通だけど、日本の女子アナは、少しダサめにしなきゃいけないんですって。パンツをはいてるアナはたまに現れるけれど、でも、マジョリティではない。

中野　パンツでキリッとやると、「旦那さんが可哀そう」とかいわれるんですよ……。

ヤマザキ　なぜ（笑）。

中野　テレビでよく言われるのは「主婦目線」というやつですね。これも実態はよくわからず、謎目線なんですが……。強い女を思わせる服装はあまりよくないんです。学校の保護者会もそうですね。すこしくらいダサさがあるのでないと浮いてしまう。それと、日本の女性アナウンサーの声はどちらかといえばハイトーンですよね。

ヤマザキ　それは海外の人がみんな指摘します。イタリアの車のナビの声は、低い女性の声なのに、いちど沖縄で借りたレンタカーのナビは、アニメのようなハイトーンで「次、左に曲がるヨ」（笑）。あれには驚きました。これじゃ交通事故を起こしてしまうわ、みたいな高い声で。

中野　それがいいと言う人もいて、需要があるんですよ、きっと。

ヤマザキ　私は時々「強い女」という枠でテレビの出演依頼が来ますが、だいぶ前、公共放送で朝にやっている、視聴者の多くがおそらく主婦層のとある番組に、なぜ日本では家庭や学校で政治の話をしちゃいけないのか、というテーマで出たとき、私の役割は「政治の話をしちゃいけないなんて、おかしい」と言うことだったんです。隣に座った可愛らしいお母さんタレントの女性二人は、「ヤマザキさんはねー、海外暮らしだし、そうかもしれませんけどねー」と突っ込んでくる役割でした。海外に暮らす女は言うことが違う、強い女、みたいなイメージで喋ってほしかったんでしょう。

中野　私も「強い女」なんでしょうね。強い弱いという軸よりも、もっと語りたいことは他にあるのに……（笑）。

ヤマザキ　要するに、見世物小屋的枠で出演しているんです。

中野　私たちって珍獣ですか。

第4章

「新しい日常《ニューノーマル》」への高いハードル

分断・差別・姥捨山

中野　今回のパンデミックでは、感染防止対策など、いろんな課題が山積みのままですけど、それが私たちの生活にどんな影響を及ぼすのでしょうか。日本語では「新しい生活様式」と呼ばれている「ニューノーマル」はどうあるべきかを考えてみたいんです。

ヤマザキ　日本ではここにきて、また感染者数が一気に増えてきていますが、そのほとんどが二十代から三十代の若者で、新宿や池袋の繁華街に出入りする人たちだと報道されています。夜の街、夜の街と繰り返されるけど、本当にそれだけなのかと皆懐疑的になっている。そして、相変わらず東京から地方へ行くと、ウイルスを運んできたとバッシングされるから、実家に戻ったり、旅行にも行くことがままならない状況になってきた。そういえば、伊豆温泉かどこかで東京ナンバーの車が引っ掻き傷をつけられたりしたこともありましたね。

中野　地方に行った東京人が嫌がらせを受けたかと思うと、「埼玉狩り」というのもありましたね。埼玉県の大野元裕知事が東京への外出自粛を呼びかけたものだから、二〇一九年に実写映画化されたコミック『翔んで埼玉』（魔夜峰央作）が、またまた話題にのぼりました。

ヤマザキ あの漫画では、埼玉から東京に行くには関所があるから、通行手形がないと通れないのよね(笑)。「埼玉県民にはそこらへんの草でも食わせておけ!」と、埼玉県民をとことんディスりながらも、埼玉愛あふれる作品でした。

中野 それで、そういった高齢者と若者の分断とか、地域間の差別やいがみあいとかは、これからも続くものでしょうか。

ヤマザキ 高齢者と若者の問題については、私、わりと早い時期にEテレの番組に出て警鐘を鳴らしたんですよ。イタリアは高齢化社会であるうえに、高齢者と同居する三世代家族がすごく多い。あの国では老人はどんな人でも敬われる存在なので、高齢者施設は日本ほど普及していないんです。やはりキリスト教の倫理、モラルに反するというのか、よほど事情が差し迫っていなければ、ひとつ屋根の下で一緒に暮らすのが当たり前です。うちの実家も、かつては百歳近いおばあちゃんが二人住んでいました。もう亡くなりましたけど。

中野 高齢者と一緒に住んでいる家が多いんですね。

ヤマザキ しかも、友達なんかを夕食会に呼ぶとすると、彼らは当たり前のようにおばあちゃんやおじいちゃんを連れてきますね、車椅子であっても。

中野　老人を家で独りにしておけない、ということなんでしょうね。

ヤマザキ　ただでさえ人生という大仕事を経て体が不自由になり、一番人に助けてもらわなければならない頃に、施設に閉じこめるなんてとても酷でできない、と言いますね。しかし、そんな彼らの厚い人情が、今回まるで裏目に出てしまいましたね。孫たちが街や学校でウイルスをもらって帰ってきて「おばあちゃん、ただいま」ってハグし、頬にキスをして、その孫は無症状のままなのにおばあちゃんはコロナに感染して重症化、なんてケースが頻発したはずです。

中野　イタリア人の暮らしは、〝密〟なんですね。

ヤマザキ　こんな映像がテレビに流れたんです。病院内で若者が「僕はこの世で一番大切な人、パパを殺してしまった」と号泣している。自分も軽症ながら感染して入院中なんですけど、父親にコロナをうつしてしまったと。その映像がかなり強烈で、あのイタリア人たちがロックダウンに素直に従ったのは、この映像が少なからず影響を及ぼしたからではないかと思います。

中野　イタリアの若者はおじいちゃん、おばあちゃんが大好きなのかしら？

ヤマザキ　そう、大好きです。そこが日本とは全然違いますね。どんなに世話が大変でもお年寄りは敬うのが当たり前。「決して楽ばかりできるわけではない人生を、こんなにたくさん生きてきたのだから、あとはもう親切にしてあげないと」と大切にしている。

中野　そもそも日本では昭和の頃に介護問題が出てきて、高齢者は若い世代に迷惑をかけたくないと言って、サービス付き高齢者住宅などの老人施設に自ら入居するようになったんですね。

ヤマザキ　元をたどれば、日本には姥捨山《うばすてやま》の風習がありました。それをテーマに深沢七郎が『楢山節考《ならやまぶしこう》』を書き、映画化されてカンヌ国際映画祭でパルムドール（最高賞）を取ったとき、これがヨーロッパの人には衝撃だったらしい。古代のローマ人は嬰児《えいじ》を野原や畑に捨てはしても、老人は捨てなかったですからね。まあ当時は老人の数がすごく少なかったってのもあるでしょうけど

中野　あの『楢山節考』は日本人でもショッキングでしたけど……。

ヤマザキ　あれはまあ、信州の山奥の貧しい農村、というふうに特定した地域設定になってはいましたが。

中野　農村だと昔は間引きもありました。日本は資源に乏しく、生きるのがしんどい状

態だったと思うんです。でも、今回の問題は、日本が豊かになってからの話ですよね。高齢者が自発的に施設に入ろうというのは、世界でも珍しい現象かなと感じるんです。日本だと高齢の方が若者に交じって、という光景をあまり見かけたことがないですし。

ヤマザキ　ないない。中野さんが暮らしてたフランスなんかでも、わりと老若男女が広場に集まってベンチに座っておしゃべりしてたりワイワイやってるでしょう。

中野　そう、若者のパーティにお年寄りが来たりするし、公園で一緒にチェスに興じたり。それにひきかえ、日本では「シルバー民主主義」みたいなことが言われて、選挙に必ず行く高齢者のほうが強い発言力を持っているようでいて、街中では若者と交ざり合うことなく、お年寄りクラスターで固まっちゃう。老若男女が同じ地域に住んでいても、活動の時間帯が違えば興味の対象もまったく違う。何層にも分かれた東京があって、異なるレイヤーにそれぞれが分かれて暮らしているんですね。

ヤマザキ　確かに交じり合っていない。

中野　私、四年ほど前、あの「ダイヤモンド・プリンセス号」に乗ったことあるんです。今回、感染者が船内で発生して、しばらく乗客が閉じこめられていたクルーズ船。

ヤマザキ　そいつはすごい！（笑）

中野　サハリンまで行って北海道をぐるっと巡るコースで。そのとき驚いたのが、乗ってる方の平均年齢がすごく高いことと、皆さん私の顔をご存じだったこと。

ヤマザキ　まあ、わかるんじゃないですか。中野さんのお名前はあちこちでお見受けしますから。

中野　そうじゃなくって、あの年齢層の方はテレビをよく観ているんだなと。私、露出はテレビに限っていて、ネットにはあまり出ないようにしているので。お年寄りの方たちは、テレビ文化の人なんだなというのがよく分かったんです。だから私の顔もご存じだったわけです。

だけど、ちょっと困ったな、っていうシーンも何回かありました。同じ国に暮らし、同じ言葉を話しているのに、話がなかなか噛み合わない。共通の話題が少なくて、まるでクラスターが違うんだなと思いましたね。

日本の若者の「圧」

ヤマザキ　文化が若者と年配者で共有されてないってことですよね。日本って、例えば雑誌を創刊する場合、想定する読者の年齢層を絞って出版しますよね。イタリアはそれがないんです。二十代の女の子が読んでいるファッション誌を、おばあちゃんが「あんたが読み終わったら貸してね」なんて言って読んでて。「これ素敵ね、こんなの着てみたいわ」なんて呟いてますよ。

中野　日本でいう『壮快』とか『ハルメク』のような、シニア層向けの雑誌はないんですか？

ヤマザキ　健康志向雑誌はありますけど、老人向けという想定になってません。女性雑誌であれば、十八歳から八十歳まで、大人はみんな同じものを読む傾向がある。ファッションの志向にしても日本の温泉ホテルのロビーに売ってるような、老人向けアッパッパみたいな、購買者の年齢を見据えたワンピースは売っていない。

中野　でも、考えてみるとフランスでも、老人は老人らしい格好をしろ、なんて決めつけはないかも知れません。逆に年を取れば取るほど派手になっていく。

ヤマザキ　顕著なのがビーチですよ。湘南の海辺で私らの年齢で水着になろうとは思えないけれど、ヨーロッパでは九十歳だろうがおデブだろうが、みんなビキニ着て全然平気。日本なら罰ゲームでしかあり得ない（笑）。もしくは、子どもたちに「母さん、頼むから、恥ずかしいからやめてくれ」と叱られるのがオチです。

中野　そう考えてみると、日本の若者の「圧」ってすごいんですね。高齢者は年寄りらしくしていないといけない。若さに付与された権力というものがあるのかしら。

ヤマザキ　絶対ある。それで老人たちが萎縮しちゃって、オレオレ詐欺にひっかかったりするのも、そういうことですかね？

中野　そうですね。インターネット回線の勧誘とかで若者からカタカナ語で技術的な説明をされると、お年寄りは「これに加入しないと時代に置いていかれるのでは」「社会と繋がれないのでは」と考えてしまう。そうした不安は大きいですよ。「このままじゃ置いてかれる」と思わせるのが、詐欺師の常套手段なんでしょうね。

ヤマザキ　オレオレ詐欺では、音信不通だった子どもを装って電話がかかってくると、「自分は騙されるはずがない」と自信のある、わりとしっかりした人まで騙されるでしょう。親子同士の日常の接触率の低さもあるでしょうけど、結局はあれも若者の「圧」を利用した犯罪の一つなのでしょうね。

中野　老人に限らず日本人は、自分だけ置いていかれるのではないかという強迫観念がものすごくあるんですよね。これって排除の裏返しなんですけど。

ヤマザキ　疎外を恐れるわけだ。

中野　だから、家族から疎外される前に自ら老人施設に行こうと。そういえば、日本の高齢者がいちばん嫌う死に方は、若い人たちと同居している家で孤独死することなんですって。

ヤマザキ　同居してるのに孤独死？

中野　ひとつ屋根の下でも別々の部屋にいるから。

ヤマザキ　「ご飯ですよ」とか「お風呂ですよ」とか声かけはしないのですか？

中野　二世帯住宅だと、食事やお風呂も別なんです。東京にはものすごい人口がいて、とっても密な生活をしているようでも、それぞれ異なるレイヤーで生きているんです。

ヤマザキ　だからコロナの感染が拡がらなかったんじゃないですか。子どもが帰宅しても「ただいま」も言わずに部屋に入っちゃうとか、夫婦が別々の部屋で寝ているとか、家庭内ですでにソーシャル・ディスタンスになってるんだもの。イタリアだったらあり得ないですものね。どんなにケンカをしていようと険悪だろうと、食事は家族一緒にするものと、儀式のように決まっていますから。

集団の中で生き延びるためには

中野 たぶん日本の社会には古くから、いつ自分が疎外や排除の対象になるかわからないという「圧」があったんだと思いますよ。その要因としては、歴史をたどってみると、けっこう貧しい国だった点が考えられます。

ヤマザキ 島国だし、リソースがないですもんね。

中野 狭いうえに国土の四分の三が山地ですから、耕作可能な平地が人口の割にきわめて少ない。けっこうな頻度で飢饉《ききん》に襲われたり、火山の噴火で作物がやられたり、地震で家や畑が壊れたり……。相当過酷な条件の土地にしがみついて何とか生き延びるためには、集団を作ることが絶対条件だったのだと思います。

ヤマザキ 日本はドーヴァー海峡を挟んだイギリスとフランスなんかと比べても、地理的に断絶された島国なので他国に脱出するのも難しい。だから逃げられないんですね。ということは、群れの一員として生きていくしか方法がない。

私はね、悩み相談を受けたりすると、「それはあなた、自分の居る環境しか見てないからよ。旅に出なさい」とよく言うんです。でも、よく考えてみたら、陸続きで隣国へ行ける大陸と違って、日本は衝動的に思い立ってあちこちへ行ける土地ではないんですよね。

中野 リソースが少ないときは他の人とシェアし合えば生きていけるけれども、一人だと食い詰めちゃう。

ヤマザキ　だから村八分が本当に究極の罰になったのかな。

中野　そう思いますよ。しかも、日本って国外に出られないと同時に、国内の流動性も高くないので、他の共同体に移るのにもすごくハードルが高い。移住者は「よそ者」呼ばわりされますし、何かトラブルが生じると真っ先に「よそ者」が疑われて、責任を押し付けられる。そうすると、同じ共同体の中で自分のプレゼンスを安定的に保つしか生きる方法がないわけですよ。

ヤマザキ　日本では強烈な自己主張とかは絶対タブーだし、群れにおいては生きてないみたいにしているほうが生き延びられるって話、中野さん、していらっしゃいましたね。

中野　空気になるっていうやつですね。文化人類学の研究の中に面白いものがあって、アフリカ南部のカラハリ砂漠——やっぱりリソースの乏しい地域なんですけど、そこに暮らす狩猟民族は、とっても規律正しく、自制心があり、けっして狩猟の成果を自慢しないというんです。自慢したら次の狩りの時に自分が狙われるから。

ヤマザキ　それはなんとも恐ろしい。でも、思い出しましたよ。学校のテスト前、クラスのリーダー格の女子から「今回みんなで勉強するのをやめよう」って、提案という名の命令が下されたことあるのね。みんなで点数を下げれば、平均点が下がって成績の差がつかなくて済むというわけです。だけど、うっかり良い点取ったりすると、たちまち村八分処刑——。

中野 「あんた、ほんとは勉強してたろう！」というやつですね。やっぱりあるんだ……。

ヤマザキ おまけに、テストを返却するとき、成績上位の答案から順に配るイヤミな先生がいて、「お願いですから、やめてください」って、それはクラスのみんなで直訴《じきそ》しましたけど。

中野 私たちも、カラハリ砂漠の民なんですねえ。

ヤマザキ いっそ、周りを気にしないですむ宇宙人になれればいいんだけれど……。

中野 そこまで超越できれば、もう排除されることもないですもんね。

ヤマザキ もはや共有できるものが無いと分かった瞬間に、排除扱いになっちゃうんですね。

中野 中途半端に仲間でいると、すごく辛いものがありますよね。

ヤマザキ だけどコロナからすれば、人間がそうやって群れから分離してしまったら困るわけでしょ。距離のある社会は、彼らにとって本領を発揮できない、居心地が悪い環境ってことになりますよね。

中野　話題が突然、新型コロナウイルスに戻りましたね（笑）。確かに感染症対策の観点からすれば、排除されているほうがずっと安全ですよね。日本の人々が無意識に行ってきた工夫としては、明文化されない厳しい掟のある集団を形成しはするけれど、やはり、〝密〟の中で暮らしているのにアクリル板で隔てられているかのように、見えないアクリル板を私たちのマインドセット（思考様式）の中に作った、というところじゃないでしょうか。それはすごいなと思う。

ヤマザキ　満員電車の中でみんなつらい状況にいるのに、誰ひとりストレスを表に出すことなく、目的地まで黙って揺れに身を委ねている様子を、常々すごいなあと感じます。

中野　そう、私もそれを強く感じます。日本って、コロナ以前から通勤電車の中でしゃべってる人がいないですよね、ヨーロッパは電車内での会話の声がすごい。

ヤマザキ　以前、イタリアの親戚・友人の年配おばちゃんたち十一人を東京観光で連れ歩いたとき、どうしても満員電車に乗りたいっていうんですよ。あれも海外では日本の風物詩ですから。仕方がないからラッシュ時の浅草線に乗ったら、「やだわあ、最近はダンナともこんなに密着してないわよお！」だの、「あたしもよう、ワハハ！」なんて興奮してべちゃくちゃ喋りまくり、押しつぶされそうになっている有様をカメラで写真に撮るわ、えらい騒ぎになって、恥ずかしくて他人のふりをしていました。

日本人の謎の笑い

ヤマザキ　このあいだ、日本でテレビを見ていたら「私も新型コロナに罹りました」という女性が出ていたんです。イタリアの感染者もよくテレビのインタビューに応えてましたけど、イタリアではこれはないな、と思ったのは、日本の患者さんは匿名でマスクをしていて、病状を語る表情に演出性の緊迫感がまるでない。イタリアの感染者は実名出しで、自分がシリアス劇の主人公であるかのごとくドラマチックに語るんだけど、日本人は飄々《ひょうひょう》としていて、「あの時は何でもないと思ったんですよねぇ〜。なのに、フフフ」って、それも笑顔を浮かべながら話すんです。

中野　同じ病気になったとは思えませんね。

ヤマザキ　イタリア人が「ほんと、私もう死ぬのかなと思っちゃって」と告げながら笑い出すことなんて思い浮かべられません。そういえば、幕末に日本を訪れたある外国人は、最も印象的だったことの一つに日本人のこの不思議な笑顔を挙げています。どんな時も謎の笑みを浮かべる、と。

中野　日本人は事態が深刻になると、笑ってごまかすという特徴的な振る舞いをするという研究がありますよ。

ヤマザキ　私の母も、怒ってると急に笑い出すんですよ。私を叱りながら「もう、ほんと勘弁してよ。笑っちゃう」とか言いながら。あれはもしや、笑うことでセロトニンを分泌しようとしているんですかね？

中野　笑ってごまかすというか、緊張を緩和させようとしているんですね。強いプレッシャーを受けているときに深刻な顔をしてると、余計におしつぶされそうになるから、何でもなかったことにするというか。

ヤマザキ　テレビに出ていた感染者の年配女性も「それが、もうほんと息できなくて、これは死ぬかな、みたいな。ハハハ」と、笑いで結べるのは、自らを客観視しているからってことですか。

中野　それは一種の解離でしょう。客観視しているのではなくて、別の自分になりすますことでしか苦しかった状況を語れないんですね。だから、むしろ笑いは精神の弱さの反映であるのに対して、イタリア人が泣きながら自分の窮状《きゅうじょう》をドラマチックに語れるのは、強さの表れなんです。自分の置かれたつらい状況に耐えられるからこそ、演劇的な口調で語ることができるわけです。

ヤマザキ 面白いですね。国によって自らの受けたダメージへの対処の仕方が違うんですね。この〝謎の笑い〟も含めて今回のパンデミックは、人間観察の機会としても本当に興味深いものがありました。

アジア人はコロナに罹りにくい？

中野 日本だけでなくアジア全体として、欧米などに比べると、感染者も死亡者も数は少ないです。果たしてアジアに何か特異な要素があるのかないのか、マリさんはどうお考えです？

ヤマザキ ヨーロッパでも、その話題でしょっちゅう議論になっていますよ。イタリアの家族との会話も最近はもっぱらそれについてです。南米のペルーやボリヴィアでも山岳地帯にいるインディオ系の人々に感染者が少ないという外国の記事を読み、もしかしてモンゴロイド系の人種が持っている何か特別な遺伝子の特徴なのかな、と思ったり。でも、アジア人全体の傾向、というふうに総括して捉えるのは無理がありますね。韓国人や中国人は大陸の人だし、我々日本人より日常生活における人間どうしの接触率は高いですし。握手したりハグしたり。

中野　私はその方面の専門じゃないですけど、アジア人に何か遺伝子的に特有なものがあるとすれば、HLA（ヒト白血球抗原）ではないかと言われていますね。このHLAは大雑把《おおざっぱ》に説明すると白血球の血液型のようなものですが、民族の起源を調べたりするのにも使われます。

ヤマザキ　それって、日本人のルーツが北方や大陸にあるのか、南の海からやって来たのかという研究のことですよね。

中野　ええ。ただ、日本人の中でも遺伝子型によって地域分布が違うんです。で、このHLAは、罹りやすい病気の傾向にも関係するらしいということで、今回の新型コロナウイルスについても注目されているわけです。まだまだ議論の途中ですけどね。

ヤマザキ　もしかすると何年たっても解明されないことも？

中野　ええ、永遠に解明されないかも知れず、「ミラクル・ジャパン」の謎がこの先も続く可能性はありますね。

ヤマザキ　私は、このウイルス感染に関しては、アジアとかヨーロッパとかアフリカといったように地域で分類わけせずに、地球という大きな括りで捉えて観察したほうがいいのではないかと感じています。地域別で感染者数の有無といった統計を出すやり方は、この大問題と向き合うには狭窄的《きょうさくてき》な感じに思えて。

中野　距離的には近いのに、岩手はゼロで北海道は……みたいな話ですね。

ヤマザキ　日本はこうだけどイタリアはこうで、アメリカはこうだけどオーストラリアはこうで、と一つの問題をあえて細分化し、断片的に砕いたところで、この危機を乗り越えられるとはとても思えない。ワクチンの開発競争についても、複合的な展望がほぼ排除されている。

もちろん地域性のウイルスの特徴は、それは疫病の学術研究として分析する必要性はありますけどね、社会の混沌を整理する役割はなさないと思うんです。

中野　確かにそうですね。もし生活習慣の違いで感染率に差が出るとわかれば、その生活習慣をすべての国でニューノーマルにすればいいわけです。それがとてもシンプルな解決策だと思いますね。アジア人は罹りにくいとわかっただけでは、それが感染防止策に採り入れられるわけでもないですから。

もしも鎖国をしなかったら？

ヤマザキ　人類はもともとは狩猟で生活の糧《かて》を得てきた、移動性の生物です。ところが多くの祖先は農耕の始まりとともに定住生活に落ち着いた。だから農耕民族と遊牧民族とでは、メンタリティがまったく違いますよね。日本ではあまり遊牧民族系のメンタルは根付かなかった。

中野　日本の地形が移動を阻むんでしょうね。山あり海ありで。それに、東日本と西日本との通婚率が最近までかなり低くて、他の地域との婚姻が少ない。だから方言がわりと残っているといわれますね。

ヤマザキ　この、移動をしないという民族的傾向が、パンデミックの拡がり具合にかなり関係があるようにも思います。古代ローマ人は、北はスコットランド、東はユーフラテス川まで領地を広げましたが、その分ペストなどの疫病もローマの道を通じてどんどん入ってきてしまった。

その後の大航海時代は、コルテスやピサロがヨーロッパの疫病をアステカ王国とかインカ帝国に持ち込んで先住民をほぼ全滅させてしまったし、スペイン風邪は第一次世界大戦の軍隊の遠征によって拡大していった。結局、流動性が高ければパンデミックを招き、低いと疫病は蔓延しない。そう考えると、日本から外へ病原菌が運び出される機会は他より少ない。

中野 本人の意思にかかわらず移動させないというのは、意外と重要なことだったのかもしれません。その意味では、日本が鎖国をせずにキリスト教も入り放題、海外からの移住大歓迎となっていたら、けっこうなパンデミックが発生していたと思います。戦国時代から江戸期にかけて海外から梅毒が持ち込まれて、大流行したわけですから。

統制されるのが好き

ヤマザキ 日本政府はPCR検査の数も他国と比べて極端に少ないのにコロナを抑え込んでしまった。各国のメディアは自分たちベースの解釈では納得がいかずに、いまだに「不思議な国ニッポン」と首を捻っている。

首を捻っているのにはもう一つ理由があって、日本は先進国の一員なのに専門家会議の議事録は作っていないし、各種データも明らかにしない。開示されない謎だらけなわけです。国威を損なわないために都合の悪いことをあれこれ隠蔽しちゃう中国ならいざ知らず、日本っていったいどうなってるの、と戸惑う海外メディアの記事も時々ありました。

中野　結局、国民の側にしても、統制されるほうがラクなんだと思いますね。考えてみれば、コントロールされたがるのは人間の常なんですけど、日本の場合、政府がきちんと説明して強権と実刑でコントロールするよりも、空気でコントロールされることを好むのでしょう。

ヤマザキ　そう。だから私、テレビに出るときスタッフからの無言の圧力を肌で感じるんです。十代でイタリアに渡った私に、「空気を読まないようにして生きましょうよ」と発言してほしいんだな、と。

中野　空気なんて読まなくていい、と言うことが私もありますけど、空気を読まなくなったら、おそらくこの国では適応できなくなるでしょうね。

ヤマザキ　海外との比較は大事ですが、それぞれの国にはそれぞれ適した人間社会の統制の仕組みというものがあるわけで、空気を読むことがこの国の構造の支えになっているのなら、それを完全に払拭することはできないでしょう。

中野　結論としては、やっぱり空気は読めたほうがいい。

ヤマザキ　ここは空気を読んだほうが良い方向にいきそうな場所、ここではそんなことをせずに自分の言いたいことを言語化したほうが良さそうな場所、という判断力を身に付けるべきなのかも。

中野 空気は読んでもいいけど、読まない自分を同時に持っておこうよ――それを提唱したいですよね。

ヤマザキ はい。社会もそういった能力を育《はぐく》む教育をしていく必要があると思います。

メタ認知のあるなしが問われる

中野 その点をもう少し検討してみようと思います。この前、マリさんと「写像」の話をしましたよね。

ヤマザキ ああ、X、Y、Z軸からなる空間に浮かぶ立体があって、XY平面にうつるその立体の影のことですね。

中野 そうです。Z軸方向においては自由に動いていいけれども、X軸とY軸からなる平面にできる写像の部分は、ルールを守って空気を読みましょうということですね。Z軸では自由に発言して行動していいんだけど、XY平面はかき乱さないようにする。

ヤマザキ 言ってみれば、XY平面は日本の世間、あるいは空気なんですね。

中野 そうそう。平面に落ちる影は空気に合わせないとダメだけど、Z軸空間にある本体そのものは自由にしていていいわけです。

ヤマザキ　Z軸空間は国際社会と考えていいのかしら。

中野　そう考えることもできますよね。そこでは日本人も空気を読むことなく自由に行動できる。私、そういう生き方ができるようになればいいと思うんです。

ヤマザキ　日本人と限らず、それは世界中の人間が持つべきスキルだと思いますね。だとすると、XY平面は、ある国の人にとっては独裁制かも知れないし、西洋民主主義かも知れない。あるいはシャーマン信仰でもいい。だけど、Z軸方向から写像を見る場合は、やはり客観視する能力を養うことが必要になってくるんですね。

中野　そう。自分のことを客観視できる能力、すなわちメタ認知ですね。

ヤマザキ　これからは、まさにメタ認知のあるなしがすべての社会生活の中で問われていきそうです。

中野　ただ、メタ認知って、脳が疲れちゃうので、ずっと保てない。他のことに集中できなくなるんです。ですから、定期的に「自分はこれでいいのかな」と立ち止まらせる仕組みが社会に備わっていること——それが健康な社会の条件なのかなと思うんです。

ヤマザキ　空気を読むのが日本人の持って生まれた資質だとして、そこに応用として、今おっしゃったような触発の種を蒔《ま》いておく。そこで発芽するものは発芽するし、どうしても必要なものは社会が育んでいくことが必要だと思う。

中野　そういう意味では、文章のかたちで出していくのも有効だし、アートにもメタ認知を促す意味があると思います。こうした視点がないと、今日を生きることはできても、十年後、二十年後、百年後の社会はダメになってしまうと思う。

ヤマザキ　中野さん、それを言っちゃうとネロはリーダーとして正しかったことになりませんか。だってネロほどに芸術を愛した皇帝もいません。詩を愛し、竪琴の演奏を愛し、そのための競技会「ネロ祭」を催して、周囲の反対を押し切って自ら出場したんですよ。

中野　ああ、そうかそうか。

ヤマザキ　自分を脆弱な皇帝だと見ている元老院はあてにせず、自身が当事者として、直接楽器演奏や詩文の朗読をすることで、人間に必要なのは美しさであり、歌であり、感動であり、芸術こそ最高の社会統制力だ、と訴えかけ続ければきっとなんとかなる、と死ぬまで思い続けた。問題は、その見せ方かもしれないですね。

中野　目的が正しくても手段が間違っていたんですかね。それを大勢の人間を粛清しながらやってしまったのがネロという人でしたから。

ローマ風呂に学ぶ

ヤマザキ　日本の人に特化したことではありませんけど、社会でうまくやりくりしていくために、どうしても爪先立ちで、虚栄や虚勢の甲冑を身に着けて生きる人がいる。古代ローマもそうでした。そんな生き方に疲れるから、浴場が繁栄したんじゃないかとも思うんです。みんな、丸裸になって暖かい温泉につかってもっと気を緩めましょうよ、と。

中野　『テルマエ・ロマエ』の世界ですね（笑）。

ヤマザキ　実際、ローマ人は大事な話し合いがある時は、庶民であろうと貴族であろうと、みな浴場にいってお風呂に入りながら議論を交わしたんですよ。文字通りの丸腰の状態で本音をぶつけると相手も真剣に聞いてくれる。筋肉を弛緩させ血流をよくして、「戦う気持ちはゼロ」状態で会議を行う場所、それがローマにあったんです。

中野　お湯につかるとセロトニンが分泌されます。精神安定に関わる物質なので、不安な気持ちが強い人はお湯につかるといい。

ヤマザキ　だったら、まず国会を風呂でやろうと提案したい。

中野　混浴ならなお面白いですね、ひょっとしたらミソジニー（女性嫌悪）的な要素もなくなるのでは……。身に何かをまとうことにはなるでしょうけど。江戸期までは混浴でしたもんね。明治維新で混浴禁止になりましたが、明治に入ってもしばらくは、男湯と女湯の仕切りはガラス一枚だったそうです。

ヤマザキ　火山大国で暮らすローマ人は、地域の温泉につかる人々を見ながら、そうしたお湯の効用をちゃんと知っていたんです。だから、浴場を建てればその敷地内に子どもが教育を受けられる学校を作り、食堂を作り、会議室や図書館も設けた。言ってみれば、現在のショッピングモールやシネコンみたいな複合施設だったんです。殿方向けには女性が髪を整えたりマッサージしてくれたりする場所もありました。

中野　現在のスーパー銭湯やスパ・リゾートよりも充実していますね。そこへ行けば一日中過ごしていられる。

ヤマザキ　トラヤヌス帝の時代には、ローマの都市部に風呂が一千軒もあったんです。

中野　そんなに？　ほとんどコンビニのレベルじゃないですか。

ヤマザキ　あの狭い都市に一千軒ということは、一区画に二軒ぐらい。中にはいくつか皇帝が建てた巨大浴場もあるから、その時の気分でいかようにも銭湯巡りができる。後の時代になりますが、カラカラ浴場なんていう複合施設としてのスーパー銭湯が作られ、商人どうしが「じゃ、あとでカラカラ浴場で」と約束して、アカスリをしてもらいながら商談をする。だから、たかが風呂、なんて侮れないですよ。その証拠に、ローマ軍はどんなに遠くへ遠征しても、まずは浴場を設営することから陣地を整えていきます。

セロトニンで統治&湯治

中野　そうすると、異民族や属州の人たちもそこに入りに来て、風呂によって統一国家の意識も生まれたんでしょうか。

ヤマザキ　少なくとも浴場のもたらす効果については分かっていたでしょうね。「お風呂外交セロトニン大作戦」ですよ。

今でもイギリスのバースやドイツのバーデン・バーデンなど、属州だった地域に行けば、古代ローマ時代に造られた浴場の遺跡が残っていますが、造ったのはローマ軍です。ローマ軍の造ったお風呂ではありますが、ローマ軍が撤退した後も浴場として使われ続けていました。北アフリカ、エルサレム、シリアに至るまで本当にあらゆる土地に浴場の文化を広めていったわけです。

中野　まさにブレイン・ハッキング。脳内にセロトニンを分泌させて、占領したんですね。だけど辺境の地にお風呂を造るって、簡単じゃないでしょう？

ヤマザキ　たとえ砂漠であろうと岩だらけの土地であろうと、まず水を引き、火を焚くシステムを造る。風呂づくりのエンジニアが、いかにローマ帝国の拡大に貢献したかということです。

中野　マリさんの『プリニウス』にお風呂の設計をする女性が登場しますが、女性のエンジニアもいたんですね？

ヤマザキ　あの女性は想像上の人物ではありますが、四世紀には女性の天文学者も現れますから可能性はあるかなと。あの人とプリニウスをいい仲にしてやろうと思ったんだけど、そうはならなかった。設計ミスです（笑）。

旧日本軍も温泉を造った！

ヤマザキ　実は旧日本軍も、マレーシアのボルネオやパプアニューギニアのラバウルで温泉浴場を造っていたのをご存じですか？　花吹温泉とか宇奈月温泉とか、日本軍が自分たちの故郷にある温泉などの名前を付けたのが、いまだに残っています。もちろん台湾の北投《ペイトウ》温泉にも日本人が造った温泉旅館があります。

中野　台湾は後藤新平が台湾総督府の民政長官として開発にあたったんですね。今でも後藤の銅像が建っていたりして。

ヤマザキ　台湾に各所ある温泉はなかなか素晴らしいです。入浴の方法はほぼ日本と同じですが、地元の人も普通に利用しています。ローマの属州の浴場も、こんな感覚だったのかなあ、と考えながら入浴しました。

中野　そうなんですね。やっぱりお風呂は大事なんだな。

ヤマザキ　なんと言っても、温泉につかることで兵士たちは疲れを癒し、英気を養えるわけです。疫病が流行った時も入浴が推奨されていたといいますから、風呂はローマ軍の強さの源泉でもあったんです。いま、「ミラクル・ジャパン」かどうかはともかく、もしこのまま日本の感染拡大が本当に抑制され続けていくのであれば、それはもしかすると、日本人が他と比べて頻繁にお風呂につかっているからかもしれませんよ。

中野　されどお風呂、ですよね。日本人は銭湯をなくさないほうがいいし、ヨーロッパの人も、もっとお風呂につかればいい。

ヤマザキ　日本には銭湯のように大きなお風呂に皆で入って癒されるという習慣がもともとあったわけですからね。古代ローマ時代を踏まえると、浴場が平和の手がかりにもなり得る気がするんですが。

ナショナリズムが強まる条件

中野　こうやって日本がコロナをそこそこ抑えこんじゃうと、どうしても日本礼賛の方向に向かいがちです。ナショナリズムが強まる条件というのがあるんですけど……。

ヤマザキ　それ、どういうものですか？

中野　自分の属している集団がありますよね。経済状況が悪くなると、当然、自己評価も連動して下がるんです。そのとき、自己評価が下がると居心地が悪いので、その代償行為として、自分の所属集団を集団ごと持ち上げようとする働きが出てくるんです。

具体的にいうと、「日本経済は悪くなったかもしれないけれど、日本にはこんないいところがある」みたいに言いたがるわけです。「ＹＯＵは何しに日本へ？」（テレビ東京、二〇一三年スタート）のような日本スゴイ番組が出てきたのも、日本人が経済に自信をなくし始めた頃なんですよ。

ヤマザキ　ちょっとスマホで調べてみますね。……あ、日本が中国に抜かれてＧＤＰ世界第三位に落ちたのは二〇一〇年だって。

中野　でしょ。それまではエコノミックアニマルと呼ばれて、経済には自信満々だったのに。

ヤマザキ　なるほど。だから今は、自己評価が下がったことは無視して、集団の評価を持ち上げようとしているわけですね。

中野　所属している集団を持ち上げるのは、つまり自分の弱さの反映、バロメーターなんですけどね。

小池百合子のカタカナ語

中野　東京での感染対策では、またもや小池百合子都知事の存在感が際立ちましたよね。マリさんは小池都知事についてはどんな印象をお持ちですか。

ヤマザキ　東京五輪が延期となったあたりから吹っ切れて、国がやらないのなら私がやる、という姿勢に切り替わったのがわかりました。それと同時に、いろいろ気を配っているというのも。お知り合いのどなたかが作っているという噂の日替わりの手作りマスクを見ていても、そんなことを感じました。ただ、あの意気込みの根拠はわからない。女性は男性のような狩猟本能の意気込みとは違うものを持っていると思うんです。古代ローマの権力者たちの背後にいた女性たちがそうだったように。

中野 私は、すぐれて乱世の人だなと思うんです。こういう混乱とか危機が迫ってきた時にプレゼンスを発揮する人。そうそう、カタカナ語を多用する小池さんをいじったネタがSNSなどで出回ってるんですよ。ちょっとご紹介しますね。

〈小池百合子ファーストアルバム「ステイ・ホーム」

「東京アラート　夜の街」

「2年目のソーシャル・ディスタンス」

「恋のオーバーシュート」

「東京ロックダウン」

「今夜もウィズ・コロナ」……〉

ヤマザキ ハハハ、アルバムを発売した体《てい》で、彼女のこれまでのカタカナ発言をもじってるわけね。ムード歌謡のタイトルみたい。

中野 けっこうハマってるでしょ。大衆に刺さる言葉をうまく操る人ですよ。バズらせる要素を使うのが感覚的にうまいんです。古代に生まれていたら巫女みたいな人だったのかも。

女性リーダーの活躍は実力主義の表れ

中野　『フォーブス』が、コロナ対策に成功した女性リーダーの特集を掲載していましたね。そこに出てくる国は、メルケル首相のドイツをはじめ、アイスランド、ニュージーランド、フィンランド、デンマーク、ノルウェー、台湾。でもね、必ずしも女性のリーダーが偉いわけじゃなくて、システムの違いなんだと思うんです。

つまり、職階制を重視するシステムの国と、実力を重視するシステムの国に大別すると、後者のシステムが今回は成功したということではないでしょうか。

ヤマザキ　日本は前者の職階制の国ですね。

中野　日本などでは職位と階級が重要で、性別もそのうちに入ります。そこでは女性がリーダーになるなんてほぼあり得ないし、あったとしても必ずいじめられて、国もそのイジメに加担します。そうなると、とてもじゃないけど台湾の蔡英文総統のようなことはできないわけです。その点、小池さんはしたたかでそういう仕組みの中を上手に振る舞っていらっしゃると思います。

女性がリーダーの国のコロナ対策がうまくいってるのは、女性だからというよりは、女性を指導者に選べる国だからなんです。実力があれば別に女性でも男性でもいい。

蔡英文総統のもとで頑張ったIT大臣、唐鳳（オードリー・タン）ですが、学歴の高くない彼女がコロナ対策に実力を発揮できたのも、台湾がリーダーを実力で選べる仕組みの国だからこそ、だと思いますよ。

ヤマザキ 職階制ではそうはいかない、ということですよね。

中野 誰それの言ったことに忖度《そんたく》する組織ではなくて、国民に安心を届けられるような政策を実行できる組織、それは職階制ではなく能力主義の組織ということでしょう。

ヤマザキ ローマ帝国が世襲制に疑念を持ち始めたのも、世襲制だとネロのように、一国を統制できるような能力を持ち合わせない人間が皇帝になってしまい、懲り懲りしていたからです。職階制と世襲制は別物ではありますけど、制度に対して民衆が感じる疑念は同質のものですよね。

どうなんでしょう、日本も様々な不具合を踏まえて、今後は実力主義のほうに向かうんですかね？

中野 幕末では勝海舟を登用したり、けっこう思い切ったことをやっているんだけど、今の日本では……。戦争後からの、あるいは明治維新以来の制度疲労が蓄積しているのでどうなんでしょうかね。

ヤマザキ　実力のある人材が現れれば良いだけではなく、実力のある人を選べる能力を国が備えていなければ、結局ダメでしょう。

中野　そうしないと日本は後進国になってしまいますよ。「科学技術立国」なんて掛け声だけで、実態が伴っていませんし。

ヤマザキ　かつてポルトガルのリスボンからアメリカのシカゴへ夫の仕事で引っ越すことになったんですが、シェンゲン協定の規約で、夫と結婚する前に未婚で産んだ息子のビザがなかなか下りなくて、この事情に詳しい日本の弁護士にも出会えず、自力で法律を調べて翻訳し、法務局で確認を取ってもらうことにしたんです。その時、民法を調べていて分かったのは、非嫡出子に対しての制度が明治時代のまま適用されていたこと。今から十年前くらいのことですけど、すでにシングルマザーが増えている中で、こんな差別的法律はなかろうと、正直びっくりしました。三年後くらいにはさすがに改正されたようですけどね。

中野　バイアグラが半年ちょっとで認可されたのに、ピルは三十年以上もかかったのと似た構図ですよね。票田に少しでも影響する要素がなければ、物事は少しも変わらない。

自省の習慣がない日本人

ヤマザキ 前にマルクス・アウレリウス・アントニヌスの『自省録』の話をしましたが、日本人はどうも自分たちの過ちを率直に顧みるのが苦手ですよね。多分、こういうことを書くと「過ち？ 何言ってるんだ」と反応をする人も多くいるはずです。今の政権なんかまさに特徴的です。その姑息な隠蔽ぶりや稚拙な言い訳は時々海外の記事でも取り上げられていますが、日本人は政府のそういった姿勢に対して慣れというか、抗体ができてしまっていて、半ばもう諦めているような風潮が感じられます。まあ、政治家なんてそんなもんでしょ、と。他国ではデモになりそうな憤りも、SNSで文句を言ってるうちにおさまってしまう。それが日本人という民族の特徴です、と言われれば仕方がないのかもしれませんけど、先進国の民主主義を掲げている国が本当にそれでいいんだろうか。

中野 マルクス・アウレリウスの爪の垢が必要な……。

ヤマザキ 日本もグローバリズムを積極的に謳《うた》っているわけだし、世界の国々と交渉していく中で、自分たちのやり方では通用しない、という事例もたくさんあると思うんですよ。例えば「世間体」とか「空気」とか。そういうものは、国内では普遍的であっても世界ではそうじゃない。今回はそうしたもののお蔭でコロナを抑え込めたかも知れないけれど、コロナはまだこれからも長く続く兆候を見せているし、楽観して「ミラクル」とか言ってる場合じゃなくなる可能性だっておおいにあります。

中野　必ずしも欧米のスタンダードに合わせる必要はないし、日本は日本のパラダイムでいいけれど、だからといって変わらなくていいわけでもないんですね。日本人は新しもの好きだし、イノベーションも嫌いじゃないのに、それらの芽まで摘むことはない。このコロナ対策の成功体験——あくまで暫定的な成功体験に酔って新しい芽をつぶすことだけはやめてほしいと思いますね。

ヤマザキ　イタリア人には、安心感にばかり浸っていると、人間として不完全になるという意識が根付いています。さまざまな不安や疑念や、屈辱や失敗などを乗り越えて、経験値として自分の中に取り込んでいかないと、人間としてうまく機能しなくなる、と。失敗するだろうし炎上すると分かっていても、あえてそれを経験しようとする衝動や本能のようなものがある。そんな親を見てきた子どもたちもまたそうやって育つから、十四歳の時の欧州ひとり旅で出会った同年代の子どもがみなやたらと大人っぽくて、ショックを受けたものでした。

中野 そう、いろんな辛い体験を重ねたほうがクリエイティビティが発揮される、そういう研究結果もありますね。マリさんはクリエイティブな仕事をされているので、その感覚はかなり鋭敏に働いていると思う。

ヤマザキ その意味でも、新しいものや見慣れないものを面白いと思える感覚は持っていた方がいい。屈辱や反省もおおいに感じてきた方がいい。人間はそうやって成熟していく生き物だと思うんです。様々な感情の免疫や耐性を備えていた方が、人生に対して健やかで前向きにもなれるんじゃないですかね。

中野 ほんと、その通りだと思います。

第5章　私たちのルネッサンス計画

コロナウイルスが考えていること

中野　今回、コロナの感染が拡がった度合いは、欧米とアジアでだいぶ差が出ました。前章でも触れましたが、考えられる理由として、ジェネティック（遺伝子的）な要素や生活習慣の違いなど、さまざまな点が挙げられていますけれど、まだまだ科学的に慎重な検討を待たなくてはならないと思います。

とはいえ結果として見れば、欧米のような「根こそぎ水際大作戦」よりも、コロナウイルスをやり過ごす方式のほうがマシだったという判断に、暫定的にはなりそうですね。

ヤマザキ　そもそも私には、ウイルス対策を勝ち負けで捉えることに違和感があります。根絶を目指すのではなく、コロナと共存していくという東洋的なあり方のほうが、むしろ合理的なのではないかと感じています。

実はウイルスの立場から見ても、共存のほうが本望だったのかも知れませんよ。ネズミにしてもレミングにしても、ものすごい数まで増えると自然に病気に罹って数が減少する——そういう摂理が生き物の世界にはある。

だから人間にも同じことが起きないはずはないんであって、人間は素晴らしい万物の霊長だから、他の動物に優越して生きる価値がある、資格がある、だから今回のコロナは不条理なものである――という西洋式の人類至上主義的考えはどうも納得がいかない。コロナからしてみれば、人間に大騒ぎされている意味が全くわからないでしょう。

中野　よくわかります。弱毒性のまま何となく拡まっていきたい、っていうのがウイルスの戦略目標ですよね。もし図らずも強毒化して、自分たちを増やして拡散してくれるキャリア（宿主）が死んじゃったら、彼らも大失敗なので。

ヤマザキ　そうなんです。ウイルス自体の寿命もあるだろうから、それも考えつつ人間と共生しようとしているわけですよね。

中野　面白い。東西で比較するといろんな示唆《しさ》を与えてくれますね。抗生物質の使い方ひとつ取っても、それぞれ特徴的ですよね。抗生物質を使いすぎて耐性菌が増えて、かえってしっぺ返しを食らう、というのが西洋医学の否定できない一面だなと思うんですけど。

ヤマザキ　現代医学は西洋合理主義的な考えに基づいているから、イタリアの友人なんかに「脚を揉んだり、足裏のツボを押したら治るのよ」って言っても信じないわけ。私が「ほら、ここが肝臓のツボだから、押せば二日酔いも楽になるわよ」と押してみせると、みんな「へえ」とか言いながら「いや、ありえないわ」と笑い出す。それなのに、不思議なことに、欧州にも鍼灸院《しんきゅう》というものがあるところにはあって、利用者もいる。

中野　へえ、ヨーロッパにも鍼《はり》やお灸があるんですか。

ヤマザキ　ポルトガルのリスボンに住んでいた時に、ご近所に日本人ご夫婦が何十年も鍼灸院を開業してらしたの。鍼灸師である旦那さんは秋田のご出身で寡黙な方なんですけど、「今までの客で一番驚いたのは……」とボソボソ話し始めたんです。ある日、「突然ぎっくり腰になってしまって、湿布や薬でも痛みがひかない外国人がいる。どうしても今日中になんとかしなきゃいけない」と通訳の人から連絡があったんだそうです。それから間も無く、入り口に姿を現したのは、ボブ・ディランだったという。

中野　エーッ！

ヤマザキ　その日はコンサートの当日で、リハ中にぎっくりきたらしい。本番では無事、腰も治ってステージをまっとうできたらしいけど、私、それを聞いて思ったんです。薬も注射も効かなくて困り果てたボブ・ディランが鍼灸にすがった、ということは人間が最終的に頼るのは、合理的な理解を超えたものなのかもしれない、と。

中野　なるほどね。あちらでも禅やマインドフルネス、瞑想が流行っていると聞きます。「メディテーション（瞑想）」と「ニューロサイエンス（神経科学）」というキーワードで論文を検索してみると、膨大な本数が出てきて、欧米でもさかんに研究されていることが分かります。今までの科学至上主義とは異なる原理で人間は動いているのかも知れない、そう考え始めてるんじゃないでしょうか。

ヤマザキ　古代ローマ時代、疫病に弱り果てた人々がキリスト教に走ったのにも、そういう動機があったのでしょうね。神に祈る。あれもメディテーションですからね。非常事態に差し迫られると、人々はスピリチュアルなものを恃《たの》む傾向がありますよね。

空海とスティーブ・ジョブズ

中野　私、これを言うとトンデモと思われるんじゃないかと、人前ではほとんどしゃべったことないんですけど、とっても興味深い論文があるんですよ。ある研究者が瞑想の習慣を持つ人とそうでない人の脳を比べると、瞑想をする人は脳の灰白質が増えていたというんです。

ヤマザキ　ほんとう？

中野　もちろん検証は必要ですけれども、少なくとも、瞑想すると脳が育つということを示唆するデータです。東洋的なスピリチュアルな行為に、科学的な視点から分析をきちんと加えていこうと試みた、というところが新しいですね。

ヤマザキ　でも、分かる気はしますよね。洞窟で瞑想していると、口の中に金星が飛び込んできたらしい空海の開いた真言宗では、それこそ「阿字観《あじかん》」という密教の瞑想法というか修法を実践していますよね。「オン・アビラウンケン・ソワカ」なんて真言を唱えることも呪術的ですが、そうした非合理的な事相が重要視されている。

その一方で、あの人は、全国を行脚《あんぎゃ》して土木工事に励んでいるわけですよ。スピリチュアル的な行いと、きわめて実務的な作業とのマッチングっていうのは、実は民衆に大きな影響力を及ぼすんです。ハドリアヌス帝も自分の建造物に夏至になると太陽の光が神のように天窓から入り込む、というシステムを考えましたが、要領のいいインテリはそういうことをやる。

中野　合理的なテクノロジーを駆使しつつ、この宇宙全体をシステムとして共生していこうとする東洋的な発想——その両輪を持っていた人物なんだと思いますね。

ヤマザキ　アップルを創業したスティーブ・ジョブズも禅をはじめとして仏教に傾倒していたし、瞑想なんかも実践していました。

中野　テクノロジー一辺倒では足りないものを、仏教が埋めてくれると考えていたのかしら。

ヤマザキ　まあ、一九七〇年代初頭はフラワーチルドレンの時代ですから、彼だけではなく全体的な傾向だったわけですけどね。アップル製品の特徴と言えるミニマリストなデザインへの固執もそんな精神性に依拠しているように思います。がんが発覚した時、当初ジョブズは西洋医学的な医療を嫌って自然食などの代替医療にこだわったんです。最終的に本人もそれは失敗だったと思っていたようですが、とりあえず彼の成しとげた業績に、そうした東洋的な思索が深く結びついていたと捉えるのは間違ってないでしょう。

ソーシャル・サイコマジック

中野　昨日、アレハンドロ・ホドロフスキーのライブを見たんです。パリから配信していたので。私、すごい好きなんですよ、ホドロフスキー。

ヤマザキ　私も好き。チリ出身の詩人で、映画監督で、作家で……タロットカードの研究家でもあって、とても説明に困る人ですね。東洋思想や哲学にも造詣が深い。

中野　ライブの最後にホドロフスキーがなんて言ったかというと、「コロナはサイコマジックだ！」――もう刺さるどころじゃない感動を覚えましたよ。

ヤマザキ　彼はコロナによって人間が受けたダメージを精神分析的な医療じゃなく、アートに意識を向けることで治癒させよう、と試みている。その療法が「サイコマジック」。

中野　そう。ソーシャル・サイコマジックなんですよ。彼にかかると、社会の仕組みとかテクノロジーとかじゃなく、サイコマジックによってみんなの意識が一斉に変わっちゃうんですよね。

ヤマザキ　ホドロフスキー的な見解でいくと、ルネッサンスというのも、ある意味でソーシャル・サイコマジックだったと言えます。ある日、それまで我々を鬱々《うつうつ》とさせていた霧が晴れていき、目の前の地平に広がったのは、今までとまったく違う光景だった、という感覚ですかね。

メディテーションを科学する

中野　ここで「瞑想」にもう少し科学のメスを入れることにしましょうか。

メディテーションを行うと活性化する場所が脳にあるんですけど、その代表的な部位が右の「角回《かくかい》」なんです。角回は右と左にあって、右側は何をしているかというと、自分と環境との境目をモニターしているんです。ここからこっちは私だけど、ここからあっちは外界だという、国境警備隊みたいな仕事ですね。で、メディテーションすると、この部位の働きがガクンと落ちることがあるんです。

ヤマザキ　自分と外界との境目が霞《かす》む感じですか。

中野　境目がなくなる感じがするというんです。ですから、いつも瞑想をし慣れている人に瞑想中の内観がどんなものかをたずねると、「自分が宇宙に溶けている感じがする」とか「宇宙と一体になっている」という言い方をするんですよ。

ヤマザキ　それって曼荼羅《まんだら》ですね。ブッダが悟った境地のビジュアル化。

中野　ウイルスなども含めた環境と自分とは不可分だという感覚——それに近いのかなという気がしますね。これこそが東洋の思想であって、いつからか科学もそういうことを研究の対象にするようになってきたなって。

ヤマザキ　今の科学で立証できないことは、この世にいっぱいあって、人間はどうしてもそちらに興味を持ってしまうんですよ。うちの夫は比較文学の研究者ですが、基本は理系で唯物論を経た合理的な人間なんです。なのにこの間、突然「退屈だからスロベニアに行ってくる」って。隣国のスロベニアに小乗仏教のお坊さんたちのお寺があるんです。そこが面白いらしいの。

中野　お気に入りなんですね。

ヤマザキ　夫はべつに仏教徒になりたいと思っているわけではありません。ただ、仏教に帰依《きえ》している人たちの生き方を観察し、考え方を聞きに行くらしいんです。今ではすっかりあそこのお坊さんたちともお友達になって、彼らがイタリアの実家に黄土色の袈裟《けさ》を着たまま泊まりに来たこともありますよ。

中野　唯物論と小乗仏教……不思議な取り合わせですね。

ヤマザキ　不思議でしょ。でも、人間はそういう生き物なんじゃないですか。理屈では割り切れない世界に憧れたりする。

中野　そう思います。われわれは、論理とか理性とかが高級なものだと思っているけれども、一体誰が高級だと証明したのか。

ヤマザキ　まあ、科学分野の学業や研究には時間もお金もたくさん必要だから、そういう意味では高級と言えるかも（笑）。

中野　一八世紀ドイツの美学者バウムガルテンが、上位認識能力（悟性的認識）と下位認識能力（感性的認識）という分け方をしています。それによると、感覚は間違うことがあるけれども、理性は間違わない。だから理性などの働きを上位とするんだという考え方ですね。だけど二一世紀の現在では、上位認識能力だってさまざまなバイアスによって間違うことが分かっているんです。むしろ下位とみなされてきた勘とか直感に従ったほうが、最終的には正しい答えにたどり着くことがある――そういうのを、みんなが意識する時代になったんじゃないでしょうか。

ヤマザキ　ブルース・リーが言うところの、「考えるな、感じろ」っていうやつですね。

中野　コロナもそう。理性的に対処しているつもりでも感染が拡大してしまった国と、ゆるゆる穴だらけなのに何となく制御に成功しちゃったところがある、みたいな。

感染症専門医だったノストラダムス

ヤマザキ　「ノストラダムスの大予言」っていうのがありましたよね。あれを私たちはトンデモ予言者、トンデモ占星術師なんて言ってましたけど、ノストラダムス（一五〇三年生〜一五六六年没）って、実はフランスのモンペリエ大学で博士号をとった医学博士であって、しかもペストなどの感染症専門医だったんです。確かに錬金術なんかもやってはいましたが、実際いろんな病状の患者を診てきているし、同時に社会の動向もしっかり見据えていた。空海もそうだけど、合理的なことも感覚的なことも両立させる方向で活動していた人ですね。このどちらも重視するという考え方は、ルネッサンス後期にあたる一五〇〇年代には当たり前に受け入れられていたんです。
あのレオナルド・ダ・ヴィンチ（一四五二年生〜一五一九年没）にしても、解剖によって人体の謎を解明しようとするかたわら、感覚的なことも大切にしていましたからね。
中野　ダ・ヴィンチの時代も、詩とか音楽が上位、絵とかは下位だとされていたんですよ。これらが芸術として統合されたのが、そもそもバウムガルテンの時代です。
ヤマザキ　もともと絵描きは、大工さんや道路工事人と同じく職人として扱われていて、薬学協会に入らなきゃいけなかった。
中野　薬学協会ですか？
ヤマザキ　はい、薬剤師と同じギルドに入るんです。なぜかというと、絵画に使う顔料は薬物であり、それを調合する人間としてカテゴライズされていた。
中野　はは〜、なるほどね。
ヤマザキ　レオナルドくらいから、画家としての自負というか、職人という立場とは違う自己主張ができるようになってくるんですよ。メディチの時になんとなく確立されつつあった職人から芸術家への移行が、レオナルドによって決定的になったという感じでしょうか。大先生になれば頭を下げて作品を依頼しなければならなくなっていたあの感じは、日本の漫画業界にも当てはまるかもしれません。

天才レオナルド・ダ・ヴィンチの素顔

中野　レオナルドは画家であるのみならず、いわば総合的な芸術家であると捉えられているると思うんですが、そんなに尊敬されていたわけではないのかしら。

ヤマザキ　レオナルドが天才と認められたのは絵画だけでなく、武器の設計から建築から奇抜な舞台装置にいたるまで、その超人的な表現力をあらゆる分野で発揮することができたからです。そういう特異な人間は日本であればきっとつぶされるけど、あの当時のイタリアでは珍重された。「あの人にぜひ私の肖像画を描いてもらいたいわ」「あの人にうちの要塞をデザインしてもらいたい」と思う貴族も増えていくわけです。

でも、レオナルド自身はそこまで幸せを謳歌《おうか》していたわけでもなくて、人間関係にもお金にも困っていたようです。フィレンツェでは地元のメディチに愛《め》でられているような同業者たちとは波長が合わず、居心地の悪さと違和感が募り、ミラノに移ってしまった。そもそも群れになじむのが苦手な人だったんですよ、レオナルドは。だから当時のフィレンツェは厳しい環境だったでしょうね。

中野　あの天才でも不遇の時代があったんですね。

ヤマザキ　レオナルドは、ボッティチェリのようにメディチと親しくなれなかった。というか、メディチがレオナルドの才能をそこまで称賛していなかった。私生児、ということも無関係ではありませんが、人間よりも動植物や自然の方が面白いと思っていたような人ですから、嫌な相手に自分を偽ってでも溶け込みたいとは思っていなかったでしょうし、だからフィレンツェのような狭いコミュニティでは限界を感じるでしょうね。

ミラノへ向かう時はパトロンになってくれる貴族に対して絵描きという立場ではなく、武器や楽器のデザインを売り込んでいる。彼のことをよく「万能の天才」と言うけれど、当時の画家は正直、万能じゃないと生きていけなかった。ラファエロもミケランジェロも皆、絵や彫刻以外の仕事もしていたんです。生きていくためにはいろんなスキルがないとダメ。しかも、そうやって手掛けた仕事が相互関係で役に立ったりもするんです。比べるのもおこがましいですけど、それは漫画家をやりながら、エッセイ書いたりテレビに出たりする私にもよく理解できるところですね。

中野　私もちょっと励まされます（笑）。

「万能の天才」を作ったもの

ヤマザキ　彼が解剖にのめり込んだのは、デッサン力を養うためでした。ただ、女性を解剖した時は、その身体をろくに観察できなかったようです。

中野　女性の解剖図は間違いだらけだって言われていますね。女に興味がないというか、触るのも嫌だったんじゃないかと。

ヤマザキ　むしろ拒絶ですね。彼は、私生児であるという自分の出自にコンプレックスがあった人なので。

中野　母親という存在に対するわだかまりが感じられますよね。カプセルみたいな子宮に入っている胎児の絵などを見ますと。

ヤマザキ　性交の断面図もひどいものですよ。女性との経験はなかったんじゃないかと思われます。

中野　女の人に触れた形跡は見当たりませんね。

ヤマザキ　まあ、ミケランジェロの裸体彫刻も本当にひどいものですよ。メディチ家の礼拝堂の女性像なんて、男の筋肉にりんごのようなおっぱいをとってつけたようにしか見えない。ルネッサンスは古代ギリシャ・ローマの精神性の復興なので、教養があって高尚な人には同性愛者が多かった。レオナルドもフィレンツェ市にふしだらな同性愛者として告発されちゃったりしてますけど。

そう考えると、レオナルド・ダ・ヴィンチっていう人は、サイコパス的ですよね。仲間と共感し合えないとか自己チューだとか、サイコパスの特徴をいくつも持っている。仕事もやりかけて途中なのにやめちゃうし。未完成でもそれを良しとしてしまう傾向が強かった。おそらく描いていて、到達点が見えてしまうんですよ。そうなるともうやる気がしないんです。

中野　すごく分かります。数学の証明問題も、最終的な解答が分かっちゃうと、そこに到達するプロセスをちまちまと証明していくのが嫌になる。

ヤマザキ　でも、職業画家はそんなことをしてはなりませんよね。スポンサーと契約書を交わした限りは完成させないと。締め切りを破ればペナルティも科せられますから。だから、そんなレオナルドの所持金が尽きてしまうのは当然の成り行きで、ミラノの貴族に「武器でも何でもデザインできますよ」と違う分野でアプローチするようになる。

中野　なるほど、おっしゃる通り、サイコパス的なところがあったのかもしれません。

人殺しの道具を設計して好きなことをするわけですからね。

ヤマザキ　孤高の天才といえば、一九二〇年に亡くなったインドの数学者、ラマヌジャンもそうですね。

中野　「魔術師」と呼ばれた、ひらめき系の数学者ですね。

ヤマザキ　彼は数々の定理を発見したのに、数式で証明されないとダメだと英国アカデミーに受け入れられず、失意のうちに死んでしまいました。彼の発見した定理がすべて証明されたのは、一九九七年のことだったそうです。彼のようなひらめき系は、理詰な説明ができないし、おそらくしたくもなかっただろうから、学術界では理解されにくいんですね。

中野　ラマヌジャンは「ナマギーリ女神が舌に数式を書いてくれる」と語っていたそうですが、ああいう東洋的な真理へのアプローチがあってもおかしくない。なのに、それをなかなか解明できないのは、むしろ科学のほうがキャッチアップできていないということではないでしょうか。

「合成の誤謬」を正すには？

中野　さあ、そろそろ私たちにとってのルネッサンス（再生）を考えてみましょうか。

コロナ後にはどんな新しい世界が生まれるでしょうか？

ヤマザキ　一四世紀のペストで何千万という単位の人が死んだ後、ルネッサンスがなぜあそこまで盛り上がったのか。疫病というものは、人間を混乱させもしますが、考える時間というものを与えてくれる、ある意味で貴重な機会です。何せ未曾有の天変地異を経験させられるわけですから、人間とはなにか、ウイルスとはなにか、社会とは、生きるとはと、様々な思いが頭をめぐる。今はテレビだネットだと、誰かの意見に自分の考えを便乗させるという思考の怠惰が顕著ですが、むかしはとにかく自分の想像力をたくましくするしかないわけですよ。想像力の訓練なしにはルネッサンスなんていう精神改革は発生しません。

ペスト・パンデミックが収束を見せた頃のルネッサンス初期には、後に国際ゴシック様式と呼ばれる、これまでにない動きを取り入れた新しい絵画が描かれたりしています。漫画のセリフのように言葉を発している受胎告知図とか、それまで誰も試みなかった斬新な芸術が生まれてくるようになりました。だから、人が考えることをおざなりにしなければ、今回のパンデミックの後にも各々に蓄積している何かが爆発して、新しい精神改革に結びつく可能性も、無くはない。

中野　ただ、百年前のスペイン風邪のあとには、ナチズムやファシズムが待ち構えていた先例もあるわけじゃないですか。そうならないためにはどうすればいいのか？

「合成の誤謬《ごびゅう》」という行動経済学でよく言及される概念があるでしょう。みんなが少しずつ自分のためにいいと思ってふるまっても、それらが合わさると全体としては間違った方向に行ってしまうというものです。その誤謬に気づいて、一人だけで正そうとすると、正そうとした人が最も損をする。なので、一気にみんなで正さなくてはいけないし、一斉にやり方を変えないと、絶対に誤謬は修正されないんですね。

でも、こういうパンデミックの後というのは「いっせーのー、せ」で変える機会になり得るんです。

ヤマザキ　私は、今回のパンデミックにはスペイン風邪の後とは違う流れになる可能性を感じています。今の時代は、エンターテインメントというものが経済的な生産性を持つようになっているから、経済を元に戻そうとする勢いがエンタメと繋がれば、新たな世界を作り上げることもできるんじゃないかと。それこそ一四世紀のルネッサンスが一気に力を帯びたのに似た兆候です。
つまり、昔だったらナチズムやファシズムの勢いに囚われた、不安や怒りや鬱憤《うっぷん》を抱えた人たちが、奇抜で凶暴な思想に夢中になる代わりに、もっと楽しい方向性を選ぶのかなって。それがエンタメなのか、あるいはグルメなのか、そこはまだ分かっていないんですけど。

中野　確かに今回、外出自粛で外食もままならなかったので、自粛明けに食べたお蕎麦は最高でした。食べることの楽しみって、こんなに大きかったのかって。

ヤマザキ　私はお寿司。今ここで心臓発作が起きても文句は絶対言わないというぐらいの衝撃的な美味しさでした。そのお店の大将も、「もうテイクアウトのバラちらしは作りたくない」って（笑）。食べものの力は想定外でしたね。食べると心底から元気になることもあらためて知りました。

中野　食べ物は重要ですよ。ふだんは食のことをほぼ意識していないから、それこそ下位認識能力みたいに考えているけれど、身体を作るためには欠かせない大事なものですよね。神経伝達物質の材料も食べ物ですから、私たちの思考そのものも形成してしまう。

ヤマザキ　生きるためのエネルギーであり、ガソリンですからね。

中野　「美味しい」と感じた瞬間に脳内に出ているのは、お風呂につかったときと同じセロトニンなんです。肉を使った実験があって、人は肉を目の前にすると攻撃的になるんじゃないかとの仮説を立てて実験したところ、意外にも、精神を安定させるセロトニンが出ていたことが分かったんです。

ヤマザキ　「アントニヌスのペスト」の時、食べ物を扱う職業はすべて壊滅状態になったと言われています。餓死の危機やひもじさゆえにキリスト教に走った人もあったわけです。今、食べ物産業がこの危機をなんとか乗り越えてさえくれれば、私たちは素晴らしいルネッサンスを迎えることができる可能性があるのかも知れませんよ。

変えられたのはテレワーク

中野　イタリアって他の国と比べて、食事が美味しいイメージが強いですよね。

ヤマザキ　イタリア人は食に関しては保守的だし、しかも基本的にその地域の地元料理しか食べません。ワインも基本的には地元のものへのこだわりが強く、ベネト州の人がトスカーナやピエモンテのワインを飲むことは滅多にないです。食へのチャレンジ精神が旺盛ではないんです。だから、あの地域で出されるどんな料理も食べる前から味が想像できちゃう。だからワクワクしないんです。

中野　食のエッセイ『パスタぎらい』（新潮新書）でトマトソースのパスタは、もう食べたくないと書いていましたよね。

ヤマザキ　そうなんですが、さすがに半年以上イタリアに帰れていないので、時々食べたくなって作るようになりました、宣言を撤回してタイトル訂正しないと（笑）。

イタリアは確かに美食国家ではあるけれど、パンなどもメインを支えるシンプルなものしかない。メインになりそうな食材が豊富ではない地域では、アレンジがきいた情報量の多いパンになる仕組みのようですね。日本ではアレンジパンが多いので、イタリアにいる間は日本のメロンパンやクリームパンみたいなものがとても食べたくなります。

それと、イタリアの人は外国の食べ物を持っていっても喜びませんね。義母に日本酒とかポルトガル・ワインをおみやげにあげても、いまだに冷蔵庫の奥底に眠っている。

中野　フランスで日本酒がブームだとか言われますが、本当に日本酒が好きってフランス人は少なくて、大半の人はフランス産のワインじゃなきゃ飲み物じゃないくらいに思っていますよ。

ヤマザキ　やはりそうですよね。日本人ほど世界各地のものを楽しんで食べる民族は他に類がないと思います。都内のイタリア料理店にしても、トスカーナ、シチリア、サルデーニャといった、イタリアにいてでさえ味わう機会のない郷土料理までなんでもありますからびっくりです。

中野　日本人は味だけでなく、情報も一緒に食べて楽しんでるんですよ。逆に、アメリカって多民族国家でいろんな料理はあるけれど、いちばん無難だといわれる中華料理ですら不味い……。

ヤマザキ　食べ物の話をしだすと止まらないから、そろそろルネッサンスの話題に戻しましょうか（笑）。

中野　合成の誤謬に関連していうと、私、一斉に変えられたものとしては「テレワーク」が典型的な例かなと思うんです。一人だけ「テレワークします」と言い出しても、怠け者のレッテルを貼られてしまうけど、コロナの自粛でみんな一斉にやってみたところ、意外と効率的だったり、メリットがたくさんあると分かったわけです。

ヤマザキ　この今の瞬間を逃がすと、一斉に何かを変えることも難しくなりますね。

中野　個々に五月雨《さみだれ》式に変えるというのはほぼ無理。最初に変えようとした人が一番割を食うというのが、合成の誤謬の鉄則ですから。本当をいうと九月入学も絶好のチャンスだったのに、今できなければもうほぼ不可能でしょうね。

ヤマザキ　今の感じだと、もう当分九月入学実施はできなさそうですね。あれは何が躊《ちゅう》躇《ちょ》の要因だったんでしたっけ。

中野　「みんなでやらないと変えられない」という鉄則が霞が関で働いちゃったのかな。テレワークの場合は反対する人や会社がむしろ少数派で、「従業員の健康を守らないのか」というポリティカル・コレクトネスに勝てなかった。それで多数派と少数派が一気に逆転したから変えられたんだと思います。

首相の演説力を高めるには？

ヤマザキ　今回、世界が向き合う同一の問題に対して、各国のリーダーの演説が比較され、日本の首相の演説に物足りなさを感じた人も多かったようですね。やっぱりメルケル首相とか、ニュージーランドのアーダーン首相のように、テレビ越しにこちらの目を見ながら、各々の生み出した言葉を二人称で投げかけてくるリーダーたちの演説の説得力が圧倒的だった。でも、あれは安倍さんという首相の責任というよりは、弁証や演説能力を重視してこなかった日本の教育に問題があるのだと思います。演説や言論力が要となる西洋式の民主主義と日本の民主主義との差異はまずそこにあるのだと感じました。

グローバリズムを掲げているわけだし、だったら今回のパンデミックを機に欧米と同じように、口頭試問や演説術を授業に導入したりとかもありだったんじゃないかな、とも思ったんですが、まあ、無理そうですね。

中野　みんなの空気を一斉に変えられる、あるいはその動きを利用できる人なら、この国を動かせると思うんですが、それを変な方向に悪用されると大変なことになりかねませんからね。なにしろ「空気＝戒律」という国ですから。

ヤマザキ　非常にそこは難しいですね。紀元前から多種多様な文化や民族や宗教を抱えてきて、混沌とした状況に慣れている人間たちとは、明らかにメンタリティの構造が違う。

中野　日本人のリーダー観とヨーロッパ人のリーダー観は違って当然。コンテ首相は自分の言葉で語ったから国民に受け入れられたけれども、安倍総理が自分というキャラクターを前面に押し出したら果たして受け入れられるでしょうか。日本の場合、リーダーの個人的人格と権威とは、巧妙に切り離されているんです。

ヤマザキ　二重構造ですね。

中野　権威のある立場の人が人格を見せたら、それだけで権威が陰ってしまうのが日本の社会なんですよね。むしろ人格と権威が一致しても大丈夫なのは実業界の人たちでしょう。たとえば有名実業家の恋愛模様はたぶん許されると思う。ビジネスで成功した女性が何人もの男を侍《はべ》らせても、それは憧れの存在になるんじゃないですかね。

ヤマザキ　そうか。イタリアのベルルスコーニ元首相の場合、彼が抱えていた数々の汚職疑惑は国民の逆鱗《げきりん》にふれましたが、女性問題に関しては「あの人はもう仕方がない」、男性の目線では「畜生、羨《うらや》ましい」みたいな風潮がどことなくありました。フランスのミッテラン元大統領も、就任直後に記者から愛人のことを訊かれて「それがどうした？」と応えたのは有名ですけどね。

中野　そこが日本とは大きく違いますね。日本というのは、「政＝まつりごと」という言葉がいまだに通じる国なんです。民主主義って、本来は自分たちが自分たちの頭で考え、それを合成した結果が意思決定になる構造のはずじゃないですか。でも、日本ではまだ政が行われていて、お上に対して下々の者がモノを言ってはいけないんです。大勢の芸能人が「#検察庁法改正案に抗議します」とツイートしたら、すぐさま反発が起きましたからね。

ヤマザキ　そうか……、政治のルネッサンスの前途は厳しいのか。

土葬が火葬に変わる？

中野　死亡者が大量に発生したニューヨークでは、埋葬待ちの棺が山積みでしたが、お葬式のあり方も変わりますかね。ヨーロッパは土葬でしょ？

ヤマザキ　いや、今はイタリアでも、火葬が推奨される傾向になってきています。土葬をする土地がもう足りなくなってきているんですよ。イタリアの場合、二十年ほど前までは、「火葬にしてほしい」という遺言を残しておかないと許可してもらえなかったんです。今から三十年ほど前ですが、知り合いの日本人の男性がフィレンツェでがんで亡くなった時は、遺言を書いていなかったために、火葬の許可をなかなか出してもらえず、大変でした。

中野　土葬するにもスペースが足りないのですね。

ヤマザキ　そうなんです。壁の棚に棺を収めるという、集合式のシステムもありますが、それすらスペースがなくなってきた。埋葬前の棺を安置する場所っていうのが墓地などにもあるわけですけど、積み重ねられた棺の中でガスが発生して破裂してしまう。四十年ほど前のものですが、その埋葬問題を揶揄《やゆ》している映画作品すらあります。

中野　それはそれで大変なんだ。

ヤマザキ　それが、今回のコロナで火葬をためらっている場合ではなくなりました。

中野　それがヨーロッパのニューノーマルになるかも知れないですね。何十年か前までは、「あの人は火葬したらしい」というだけで変人扱いされたものですが。

ヤマザキ　キリスト教は復活が中心概念の宗教ですから、肉体への思い入れが強いわけですよね。焼かれるなんて、ましてや。

中野　しかも煉獄をイメージさせる。

ヤマザキ　早い話が火あぶりですものね。ちなみにイタリアの火葬は、日本と違って完全に灰にしちゃうんです。

中野　骨も残らないんですか。

ヤマザキ　完全にパラパラサラサラの灰みたいな感じでしたね。だから、お骨を拾うなんていうこともしないし、できない。

中野　そのニューノーマルは死生観にも影響を与えそうですね。

気になるカトリックの行方

ヤマザキ　イタリアは国民のほぼ九割がカトリックとされていますが、カトリック自体がこれまでのあり方をそのまま引き継いでいけるのかどうか、分からないですね。今回のパンデミックで、「今まで通り神に祈っていただけでは救いにならん」とあからさまにキリスト教への信仰を考え直す人がいたんじゃないかと思いますね。

初の南米出身である法王フランシスコは、本当に頑張ってると思います。新型コロナは地球の環境破壊への反応だと言ったり、盛んに自分独自の見解や考えを世界に向けて発信している。でも、そんな彼の大胆な言動にも限りはありますし、何某かの解決をもたらしたわけではないですからね。信仰にすがることで安定を得ている人たちの中には、たとえばキリスト教以外に力のある新興宗教があれば、そちらに改宗するケースもでてくるかもしれません。

中野　ちょっとオカルトっぽい話をしていいですか。「マラキの預言」って知ってます？　正式には「すべての教皇に関する大司教聖マラキの預言」。代々のローマ教皇について言及しているんですけど、先代のベネディクト十六世で預言は終わっていて、次の代のときに世界は終わりを告げる、と言われているんです。

ヤマザキ　それは、トンデモじゃないんですか？

中野　トンデモですよね（笑）。ただ、そうだと思うんですけれど、その次の教皇の名前はローマ人の「ペトロ」と書かれていて、ああ、これまでと違って当たらなかったなと思っていたら……。

ヤマザキ　ということは、それまでは当たってきた……？

中野　一六世紀に作られた偽書のはずなんですけどね。こじつけっぽくもありますし。で、今のフランシスコは南米の人だから当たってはいないんですが、世界戦争なんかが起きるんじゃないかと、一部の人がざわついてもいたんです。そして、この新型コロナのパンデミックがそういうことなのか、と、ひと盛り上がりしたりする。人々は平和な未来よりも、不穏さと終末を求めているのか、とすら思うくらいです。

ヤマザキ　もっと世界を席巻していてもおかしくない話にも思えますが、世の中はわりと正気を保っている感じがしますけどね。

中野　もちろん、オカルトですからまともに取り上げるのはさすがに。ただ、こういうものが人心を映すことがある、という点に面白さを感じるのです。はい、トンデモはここで終わり――。

ヤマザキ　日本の人たちは、そういうのにあまり惑わされないような気もします。なぜなら、これだけ自然災害に鍛えられてきた人たちだから、その精神性は他国の人には理解できないほどに強靭なのかも知れない。

中野　確かに、地震、津波、台風と、ほぼなんでも経験していますからね。普段からどちらかといえば心配性で、不安傾向が強くて、来たるべき惨事に備えて、まるでメンタルの予行練習をしているかのようです。

ヤマザキ　災害に見舞われると、新しい家を建て、そのためには借金をし、また新しい仕事に就かなきゃいけない。狼狽《ろうばい》しているエネルギーがあるなら、立て直しに費やそう、みたいな諦観が身についているように見えます。淡々と、飄々と片付けて、立て直す。イタリアでは今世紀に入ってから起こったいくつかの地震の後片付けがまだ終わっていなかったりしますからね。

中野　日本人は意外なほどパニックを起こしませんしね。

ヤマザキ　ＰＣＲ検査にしても、他国との比較でその検査数の少なさがあれこれ物議を醸《かも》していたのに、そのうち、ＰＣＲ検査の数はそれほど重要じゃない、みたいな風潮になっていきましたよね。

中野　イタリアをはじめとして、検査の数を増やし過ぎて医療崩壊を起こした国がいくつもありましたからね。

ヤマザキ　彼らには日本人のように自然災害による唐突な〝非日常〟をいつでもすぐに

受け入れられる態勢が整っているわけでもなく、しかも不安を抱えながら生きていくのがとても苦痛な性格の人たちですからね。問題があれば、速攻で解決、というメンタリティは今回の顚末《てんまつ》と大きく関わっていると思いますよ。

日本人ってパステルカラー

ヤマザキ　年に何度か日本に来ていた夫が、ある日ふと、「日本人はパステルカラーだよね」と呟いたことがあったんです。「じゃあ、イタリア人は?」と訊くと、「イタリアはフェラーリみたいな赤とか、アズーリの青とか、混じり気のないヴィヴィッドな色しか思い浮かばない」と。

中野　ヴェルサーチなんて、すごい原色の緑に、しかも金色、という配色をしたりしますからね。大阪のおばちゃんをのぞけば、日本人にはちょっと難しいコーディネートかも。

ヤマザキ　夫のその独断的色彩形容は、それぞれの国民性の比喩らしくて。フランス人はモーヴ系だったかな。優柔不断な友人が多いからと言ってました。

中野　うーん、そういう意味だとすると、確かにサイレントマジョリティは中間色といえるかもしれませんね。

ヤマザキ　萌葱《もえぎ》色とか茄子紺《なすこん》とか、どっちつかず。

中野　そうそう。どっちにもつけるように、どっちともとれることを言う。あるいは、何も言わない。特定されることを避けるために、識別できるようなコードをあえて口にしないという戦略を取っている気がします。

ちなみにですが、江戸時代の日本で最も使われたとされる色は「鼠色」でした。グレーですね。江戸幕府が質素倹約を旨として「奢侈《しゃし》禁止令」を発令し、身分による着物の色や素材の使い分けを指示して、派手な色を避けることを庶民に要請したというのが原因でもあるんですが、やはり中間色です。

四十八茶百鼠といわれて、茶色と灰色のヴァリエーションが大量に作られたのですが、並び称された茶色と比べても灰色の種類は本当に多くて、百では利かないかもしれません。深川鼠（薄い青緑みの灰色）、利休鼠（千利休に因んで抹茶の色の連想から生まれた、緑色がかった灰色）、梅鼠（紅梅の花の色からきた赤みのある灰色）、江戸鼠（江戸好みの鼠色。やや茶色がかった濃い灰色）など、渋くてかっこいいグレーの色調がたくさん生み出されていきました。

目立ってお咎《とが》めを受けるなんざしゃらくせえ、お定めの鼠色で遊んでやらあ、という江戸っ子の気概が表れているようでもあります。中間色の中で微妙な違いを楽しむ、という文化はこの頃もうあったんですね。

ヤマザキ　エッセイとかでも、世間から叩かれないように、どっちつかずな文章を書く人っていますよね。

中野　実は私もちょっと気にしてます（笑）。

民衆の検閲を意識しながら

中野　検閲がある国や地域ではどうしているのだろうということが頭をよぎるんです。たとえばソ連時代は当局の検閲にかからないように言葉を選んで書いたわけじゃないですか。今、私は「民衆の検閲」を受けているんだと感じることがしばしばあります。その検閲に引っかからないように注意して書いていく必要があるんです。

ヤマザキ　私だってそうですよ。民衆検閲を配慮せずに思ったことそのまま書いたら、たちまち炎上しますから。今では、チェスの駒を進める時のように、一、二行の文でも何度も読み返すようになりました。

中野　戦前のような軍部もない国なのに、民衆の検閲が厳しいってすごくないですか？

ヤマザキ　だから、いいかえると「世間体の戒律」が厳しいんです。もし自分がコロナに感染していて、ウイルスを撒き散らしていたことがご近所に知れ渡ったら、朝のゴミ出しもできなくなる、どうしよう……もう、あらゆることが頭をめぐるわけですよ。

中野　実際とても怖いですよね。だから感染者が謝罪するというか。ゴルフでホールインワンを達成した人が、むしろ周りから祝ってもらってしかるべきなのに、自分でパーティを開かなきゃいけないみたいに。

ヤマザキ　謝っておかないとひどい仕打ちに遭うかもしれないわけですね。だから「お騒がせしました」って頭を下げる。あの謝罪は、罪を認めたということ以前に、そういう態度に出ておかないと後々大変になるからですね。だいたい「お騒がせ」っていうニュアンスの言葉が他言語ではなかなか思い当たらないですね。「迷惑をかけてすみません」ぐらいの言い方なんだろうけど、「迷惑かけて」と言っても、謝罪以上の意味にはならない。そういえばイタリアでは災いをもたらす人を「ペスト」と表現します。

中野　「お騒がせしました」という言葉は、荒ぶる神を鎮めるための祝詞《のりと》のようです。民衆が荒ぶることのないように、空気を静かにおさめるための。

ヤマザキ　そうかもしれない。想定外のことや他と違うことをしてしまった時に醸し出される戸惑いや違和感を払拭させるためのね。

中野　こうして、周囲に気をつかう国民性のお蔭で、感染症に強いのかもしれませんしね。

ヤマザキ　主張性の抑えられたパステルカラーの効果だろうか。

中野　これはこれで長い年月をかけて生存戦略として洗練されてきた末の国民性なんですよね。で、それを抱えながら、次のステップのために何ができるのかを議論するほうが建設的ではないかとも思うんです。

「個性を殺してどんなメリットが？」

ヤマザキ　この厳しい世間的戒律のもとで暮らしながら、結局これまでのところ日本は、ソフト集団感染で済んでいるわけですよね。隣近所を気にしながら日常生活を送ると、わりとコロナも制御できることが分かった。だとすると、感染者数を抑えられているのは「ミラクル」みたいな奇跡によるものではなく、「ジャパン・オリジナル」なのかなと。

中野　そこから何か新しいものが生まれてきそう。でも、この世間的戒律って他の国にはちょっと説明できないですよね。

ヤマザキ　まあ、基本は個人主義ですから。

中野　みんながみんな同じ格好をして中間色でなきゃ駄目だなんて、どうしてこういう生存戦略が有利になるのか、ステップをいくつも説明する必要があって、そのことを考えるだけでも、疲れてしまう……。

ヤマザキ　「それでどんなメリットが得られるんだい？」って訊かれますよ。彼らの考え方は、一つ一つの強烈な個性が集まってこそ、強い力を生みだせる――こういう考え方だから、「個性を押し殺しちゃうと、組織は弱体化するんじゃないの？」と言われるはずです。

腐りながら生き永らえる職階制

ヤマザキ　私、コロナ後の立ち直り方を考えた場合、どういうリーダーがふさわしいかを考えてみたんですけど、例えばニューディール政策の、フランクリン・ルーズベルト大統領みたいな人はどうでしょうね。世界恐慌で受けた傷跡は絆創膏なんかじゃ押さえられないと分かって、積極的な大規模経済政策を打ち出しましたよね。ああいう改革エネルギーを持つ人です。いないか、そんな人。

中野　たとえいたとしても日本では潰されてしまいそうですね。

いま、大きな改革をはばんでいるのは職階制だと思うんです。中央省庁などに典型的に見られる職階制の長所は、社会が安定的であればその体制を長く保持できることですが、波乱の時代がやってくると、途端に脆弱な部分が露《あら》わになってしまいます。

職階制においては、仮に優秀な人が出てきても、その人は組織の維持にとっては悪なんです。優秀な人材を活かそうとすれば組織の階級論理を飛び越えて優遇しなきゃいけなくなる。それは結果的に組織を壊してしまうからです。

ヤマザキ　その人がたとえどんなに実力を持っていても、ですか？

中野　持っていたら、なおさらです。その意味で職階制の対極にあるのが、実力主義です。

ヤマザキ　じゃあ、組織を守るためなら、国力が落ちても仕方ないということですか？

中野　残念なことかもしれませんが、現状、そう動いてしまっているんですよね……。腐りながら生き永らえるのが職階制なんです。長い歴史を持つ国というのは、どこもそうやって徐々に腐りながら生き永らえているところがあるのです。

ヤマザキ　なるほど。少しぐらい腐敗臭がしても、住み慣れて勝手知った家のほうが居心地が良いし、安心、ということなんですね。

中野　無臭だけれど実力のないものはすぐに追い出される家と、ちょっと臭うけれど実力がさほどなくても長くそこにいたというだけで受け入れてくれる家と、どちらを選ぶか、という選択ですね。

ヤマザキ　日本という国は、限定的な土壌の中で育まれてきた経験値と歴史の上に築かれているので、職階制という組織構造も日本人にうまくマッチしているということですね。ところが、明治期に西洋式の民主主義を、取ってつけたようなやり方で導入してしまったものだから、いまだにおかしなことになっている。

中野　そう思います。

ヤマザキ　その日本式の組織構造を、新たな構造へと発展させていくことはできないのかしら？

中野　すでに日本は形の上では立派な民主主義国家ですよ。これを変えるというのは、まずビジョンのすり合わせからして並大抵のことじゃない。専制政治ではありませんから、一人が思いついても変えることは困難でしょう。さらに内実を見ると、国会議員は事実上、ほぼ世襲か、資金力、知名度が突出していなくてはなれるものではないし、民主主義を謳っているようであっても、実際には、正直ポピュリズム的な側面も強いです。

ヤマザキ　世間体の戒律は厳しいし、人と違うことをすると潰されたり叩かれたりするし、民衆の意見がどこまで届いているんだかもわからない、という摩訶不思議な民主主義。

中野　日本は階級社会ですよね。本来存在するはずのない「上級国民」や「下流老人」がバズワードとしてテレビでもネット上でも話題になるくらいですから。

ヤマザキ　日本では、表向きは実力主義だとされて、民主主義がタテマエとして出来上がっているけれども、確立している質感がない。自分たちの頭で考え、自分たちの意見を言い、誰かの意見に反論することができて、それを聞き入れられる人がいる、というのがデモクラシーのフォーマットだとすると、世間が戒律の国にとってはハードルが高そうだ。

中野　相当高いですよね。民主主義って、忖度なしに相手の目を見て「あなたはバカですね」ってきちんと言うことができて、しかもカウンター攻撃を受けないという保証がある社会じゃないと本来無理なんじゃないでしょうか。

ヒントになる江戸時代の医師身分

ヤマザキ　学生時代に付き合っていた詩人のイタリア人彼氏が、混み合ったバスの中で友達に会って「チャオ」と挨拶を交わした直後、その友達に向かって「お前今日、すっげえ口臭」と面と向かって言ったんです。そうしたら友達は素直に「わあ、ごめんごめん」と謝って口に手を当ててましたが、それを周りの乗客もまるで気にしていなかった。日本だったらきっと「こいつ、人前で恥をかかせやがって」と、とてつもない悔しさと腹立ちに見舞われるでしょう。この譬えはちょっと過剰だったかもしれませんが（笑）、でも、周りに人がいても、相手にとって嫌なことをはっきり言えるコミュニケーション力は、民主主義にとって必要不可欠だと思います。日本みたいに空気を読みつつ、自らの欠点や汚点と向き合わない社会に、民主主義は果たして合っているのかどうか。今回のパンデミックでしみじみ考えさせられました。

中野　同感です。だからといって封建社会に戻ったほうがいいなどと言うつもりは全然ないんですけど、日本にはなにか違うかたちのものがあるような気がします。

私のような人間がいろいろ好きなことを言えて、何の弾圧も今のところは受けずに生きていられる、という意味では、とても恵まれているいい国なんだと思います。けれど、多くの人は名状しがたい疑念を抱えている。一握りの階級の人が不当に利益を受けすぎているのではないかという、納得できない気持ちを持っているんです。だから、「上級国民」

という言葉に反応し、特別扱いされるようにしてＰＣＲ検査を優先的に受けられたという芸能人に対して反感を持つのだろうと思います。

ヤマザキ　だとしたら、なにも欧米の民主主義の体に固執せず、「わが国は西洋とは違う独自の政治を行う国です」という姿勢を示してくれれば、まだ分かりやすいですよ。

中野　その方がまだ納得できるかもしれませんね。「家事は男女平等ね」と言って結婚したのに、結局私が全部やってる、みたいな……。

ヤマザキ　ははは……最初の約束と全然違うじゃないの、と。

中野　職階制が今のところ日本には合っていると言いましたけど、いよいよ真の改革が必要な時代になれば別の方法も考えられるんじゃないでしょうか。

江戸期の身分制も一種の職階制といえると思いますけど、もしも江戸時代に実力を発揮したいと思ったら、一つだけ方法があったんです。それは、身分を超えることができる職に就く、すなわち医者になるという方法です。薬師《くすし》というのは便宜上、出家するんですね。なぜなら、殿様の身体に触れるためには、「わたくし、俗世を離れておりますゆえに」と、特別な身分になる必要があったからです。だから、医者なら実力を発揮することができたし、能力次第でどんどん出世ができた。

ヤマザキ　なるほど。ということは、当時は身分制度がはっきりしていたがゆえに、そこから外れることで、むしろ実力を発揮できたということですか？

中野　そういうことになりますね。特別な身分になるという抜け道のお蔭で、どんなに実力を発揮しても既存の体制を破壊する恐れがなかったのです。

ヤマザキ　そうすると、今の日本社会のように身分があいまいだと、実力をつぶしてしまいかねない？

中野　とても残念ですが、そうですね。むしろ能力を隠さないでいると、些細なことで集中砲火を浴びるように攻撃されてしまうリスクが高まってきたりします。

ヤマザキ　それを聞いて思ったんです。たとえば文化文政時代には落語や歌舞伎や浮世絵といったエンタメが大いに盛り上がり、鶴屋南北や十返舎一九なんかが大活躍したわけですが、あれはあくまでも町人階級の文化であって、つまり、町人は武士にはなれないけれど、自分の階級の中であれだけ見事な文化を享受できて、精神生活においても大きなエネルギー源になったってことですね。

中野　おっしゃる通りですね。ただ、これは暫定的に私が思考実験しているところのものなので、厳格な階級制度というか職階制とは異なる、もっと日本に合ったいい方法があるのかも知れないとは思っているんです。

「昭和」に見るルネッサンスの可能性

中野　日本はこのままだらだらとコロナと付き合う感じになりそうです。ルネッサンスのような目覚ましい出来事は起きないのかもしれない。

ヤマザキ　ルネッサンスは、メディチ家に代表されるパトロンの力が大いに貢献しました。ああいう、経済面と文化面を掛け合わせた実力者を育んでこなかった日本の環境では、決してルネッサンスは生まれないでしょう。経済力を持っても、それを文化に投資するパトロンがいなければね。

中野　日本で生まれるのは、元禄文化や化政文化みたいなバブル文化であって、ルネッサンスとまではいかないんですかね。

ヤマザキ　でも、昭和の高度経済成長期あたりの漫画を読むと、人気があったのは孤高のヒーローもの、または池田理代子さんの『ベルサイユのばら』や、一条ゆかりさんが描かれていたような、不条理な人間社会や恋愛をとらえた、大人な内容の漫画を小学生が読んでいたわけですよ。今のような「あるある感」は読者を摑《つか》む手がかりとしてそれほど必要ではなかった。自分たちの生きる世界とは次元の違うフランス革命の漫画を通じて、子供たちが無意識に高尚な見聞を広めていた時代があったのだと思うと、日本人には未知なる領域への積極性が、実は備わっているんだと思うんです。

中野　確かに。篠原千絵さんなんか、ヒッタイト帝国を舞台に『天《そら》は赤い河のほとり』を描いているんですよ。ヒッタイトといえば紀元前一五世紀ごろに最初の鉄器文化を築いたとされますが、歴史の授業でもさらっと触れるくらいしかやらないのに、誰がヒッタイトに感情移入できるなんて想像します？　でも、これがとっても面白いの。

ヤマザキ　一九七〇年頃は、感情移入や自分の知っている感覚を重ね合わせられる作品ではなく、よその世界の知識とか教養を得ようとする意識がエンタメ志向の特徴だったんですよ。

あの頃、うちの母親（山崎量子さん。ヴィオラ奏者）は札幌交響楽団に所属してたんだけど、札響には「札響の奇跡」という伝説が残っていて、世界演奏旅行に行けるほどの実力があったとされている時期なんです。日本のポップス界にも「シュガー・ベイブ」や「はっぴいえんど」など斬新で改革的な精神を持ったグループやミュージシャンがどんどん現れてきて、日本の軽音楽の礎となった。戦後の立て直しが安定しつつあった高度経済成長期、経済がダイナミックに動く時代には大胆なことをしでかす人が現れる傾向があると解釈するならば、もしかすると、あの七〇年代が日本の束の間のルネッサンスだったのかもしれませんね。

中野　さて、私たちのルネッサンス計画は未完成に終わったようですね。だけど、ダ・ヴィンチにならって未完成も良しとしますか。

ヤマザキ　コロナとのお付き合いもまだまだ続くことだし、今はまだ未完成でいいんじゃないでしょうか（笑）。

《対談を終えて》

ヤマザキ　新型コロナウイルスの感染拡大が始まってからというもの、それまで視野を遮っていた靄《もや》がはらわれて、あまり輪郭のはっきりしていなかった、いろんなことが開けて見えてきた気がするんです。普段見えないものが突然視界に入ってきたような感覚ですかね。実際、しばらく中国の経済活動が停止していたおかげで、だいぶ空気がきれいになって、エベレストなんかも何百キロも離れたところから見えるらしいですけど。

中野　マリさんがおっしゃってるのは、コロナのお蔭で立ち止まって考えたことで、今までと違ったいろんな風景が見えてきたという意味でしょう。私もそうなんですよ。改めて考えてみると、こんなに世界の全体の動きを身近に意識したことって、初めての経験だったんじゃないかな。

ヤマザキ　それはアメリカだったり、イタリアだったり、日本だったり、あるいはそれぞれの国民性だったり、感染学だったり、文化人類学だったり、歴史学だったり、地域や学問の境界を超えた、地球レベルでの思索の冒険だったような気がします。中野さんと話している間、考え応えのある様々な事柄が頭に浮かんでくるので、非常に楽しかったです。

中野　私もマリさんと話せてとっても面白かったです。テーマはたった一つ「コロナ」でしかないのに、話があちこちに脱線しているようでいて、別々のアイデアや知見がリゾーム（地下茎）的につながっていくのを感じました。

ヤマザキ　歴史を振り返ってみても、感染症は人類にそのような思索の機会を導き入れる、時空の節目なのかもしれません。できれば感染による死は避けたいし、感染症で亡くなった方とそのご家族には本当にお気の毒なんですけど、自分の人生でこのようなパンデミックを経験し、普段であれば気がつかない人類という生き物の動向を、綿密に分析することができたというのは、とても貴重なことだと感じています。

中野　だけど、私たちがこういう時代に生まれ合わせたのって、どういう意味があるんでしょう？　対談の最中もずっとそのことを考えてました。

ヤマザキ　それについてはまだまだ考えを掘り下げる必要がありそうです。また、こうやって対談する機会を持ちたいですよね。

中野　こちらこそ、ぜひぜひ、よろしくお願いいたします。

ヤマザキマリ

1967年、東京都生まれ。漫画家・文筆家。東京造形大学客員教授。フィレンツェの国立アカデミア美術学院で美術史・油絵を専攻。2010年『テルマエ・ロマエ』(エンターブレイン)で第3回マンガ大賞受賞、第14回手塚治虫文化賞短編賞受賞。2015年度芸術選奨文部科学大臣賞受賞。著書に『プリニウス』(とり・みきとの共著、新潮社)、『オリンピア・キュクロス』(集英社)、『国境のない生き方』(小学館新書)、『ヴィオラ母さん』(文藝春秋)など。

中野信子(なかの　のぶこ)

1975年、東京都生まれ。東日本国際大学特任教授。脳科学者、医学博士。東京大学工学部応用化学科卒業。東京大学大学院医学系研究科脳神経医学専攻博士課程修了。2008年から2010年までフランス国立研究所ニューロスピンに博士研究員として勤務。

文春新書

1276

パンデミックの文明論《ぶんめいろん》

2020年8月20日　第1刷発行

著　者	ヤマザキマリ 中野信子
発行者	大松芳男
発行所	株式会社 文藝春秋

〒102-8008　東京都千代田区紀尾井町3-23
電話 (03) 3265-1211 (代表)

印刷所	理想社
付物印刷	大日本印刷
製本所	大口製本

定価はカバーに表示してあります。
万一、落丁・乱丁の場合は小社製作部宛お送り下さい。
送料小社負担でお取替え致します。

ISBN978-4-16-661276-5

◆経済と企業

金融工学、こんなに面白い　野口悠紀雄
臆病者のための株入門　橘　玲
臆病者のための億万長者入門　橘　玲
売る力　鈴木敏文
安売り王一代　安田隆夫
熱湯経営　樋口武男
先の先を読め　樋口武男
こんなリーダーになりたい　佐々木常夫
新自由主義の自滅　菊池英博
黒田日銀　最後の賭け　小野展克
石油の「埋蔵量」は誰が決めるのか？　岩瀬　昇
原油暴落の謎を解く　岩瀬　昇
就活って何だ　森　健
新・国富論　浜　矩子
資産フライト　山田　順
円安亡国　山田　順
日本型モノづくりの敗北　湯之上隆
松下幸之助の憂鬱　立石泰則
さよなら！　僕らのソニー　立石泰則
君がいる場所、そこがソニーだ　立石泰則
日本人はなぜ株で損するのか？　藤原敬之
ビジネスパーソンのための契約の教科書　福井健策
ビジネスパーソンのための企業法務の教科書　西村あさひ法律事務所編
サイバー・テロ　日米vs.中国　土屋大洋
ブラック企業　今野晴貴
ブラック企業2　今野晴貴
『ONE PIECE』と『相棒』でわかる！細野真宏の世界一わかりやすい投資講座　細野真宏
日本の会社40の弱点　小平達也
税金　常識のウソ　神野直彦
アメリカは日本の消費税を許さない　岩本沙弓
税金を払わない巨大企業　富岡幸雄
トヨタ生産方式の逆襲　鈴村尚久
VWの失敗とエコカー戦争　香住　駿
朝日新聞　朝日新聞記者有志
働く女子の運命　濱口桂一郎
無敵の仕事術　加藤　崇
「公益」資本主義　原　丈人
人工知能と経済の未来　井上智洋
お祈りメール来た、日本死ね　海老原嗣生
2040年全ビジネスモデル消滅　牧野知弘
自動車会社が消える日　井上久男
新貿易立国論　大泉啓一郎
日銀バブルが日本を蝕む　藤田知也
AIが変えるお金の未来　坂井隆之・宮川裕章＋毎日新聞フィンテック取材班
なぜ日本の会社は生産性が低いのか？　熊野英生

◆世界の国と歴史

新・戦争論 池上 彰 佐藤 優
大世界史 池上 彰 佐藤 優
新・リーダー論 池上 彰 佐藤 優
知らなきゃよかった 池上 彰 佐藤 優
民族問題 佐藤 優
二十世紀論 福田和也
歴史とはなにか 岡田英弘
新約聖書Ⅰ 新共同訳 佐藤 優解説
新約聖書Ⅱ 新共同訳 佐藤 優解説
ローマ人への20の質問 塩野七生
新・民族の世界地図 21世紀研究会編
地名の世界地図 21世紀研究会編
人名の世界地図 21世紀研究会編
常識の世界地図 21世紀研究会編
イスラームの世界地図 21世紀研究会編
食の世界地図 21世紀研究会編

武器の世界地図 21世紀研究会編
戦争の常識 鍛冶俊樹
フランス7つの謎 小田中直樹
ロシア 闇と魂の国家 亀山郁夫 佐藤 優
独裁者プーチン 名越健郎
イタリア人と日本人、どっちがバカ？ ファブリツィオ・グラッセッリ
イタリア「色悪党」列伝 ファブリツィオ・グラッセッリ
第一次世界大戦はなぜ始まったのか 別宮暖朗
イスラーム国の衝撃 池内 恵
グローバリズムが世界を滅ぼす エマニュエル・トッド ハジュン・チャン他
「ドイツ帝国」が世界を破滅させる エマニュエル・トッド 堀 茂樹訳
シャルリとは誰か？ エマニュエル・トッド 堀 茂樹訳
問題は英国ではない、EUなのだ エマニュエル・トッド 堀 茂樹訳
世界最強の女帝 メルケルの謎 佐藤伸行
ドナルド・トランプ 佐藤伸行
日本の敵 宮家邦彦
「超」世界史・日本史 片山杜秀
戦争を始めるのは誰か 渡辺惣樹

第二次世界大戦 アメリカの敗北 渡辺惣樹
オバマへの手紙 三山秀昭
熱狂する「神の国」アメリカ 松本佐保
戦争にチャンスを与えよ エドワード・ルトワック 奥山真司訳
知立国家 イスラエル 米山伸郎
1918年最強ドイツ軍はなぜ敗れたのか 飯倉 章
人に話したくなる世界史 玉木俊明
世界史を変えた詐欺師たち 東谷 暁
トランプ ロシアゲートの虚実 小川 聡 東 秀敏
王室と不敬罪 岩佐淳士

文春新書好評既刊

ヤマザキマリ
男性論
ECCE HOMO

「ルネサンスは自ら仕掛けよ」。『テルマエ・ロマエ』のヤマザキマリが、愛すべき古代ローマ的な男性たちを軸に語る想像力の在り処

934

中野剛志・中野信子・適菜 収
脳・戦争・ナショナリズム
近代的人間観の超克

ヒトはなぜ集団に縛られ、無能な政治家を選び、戦争に走ってしまうのか？ 気鋭の論客が脳科学、社会科学、哲学の境界領域に挑む

1059

中野信子
サイコパス

クールに犯罪を遂行し、しかも罪悪感はゼロ。そんな「あの人」の脳には隠された秘密があった。最新の脳科学が説き明かす禁断の事実

1094

中野信子
不倫

バレたら破滅することがわかっていても、なぜ不倫をやめられないのか？ 最新脳科学と動物実験が解き明かす、恋と生殖のミステリー

1160

ジャレド・ダイアモンド ポール・クルーグマン リンダ・グラットンほか
コロナ後の世界

新型コロナウイルスは、人類の未来をどう変えるのか？ 世界が誇る知識人六名に緊急インタビュー。二〇二〇年代の羅針盤を提示する

1271

文藝春秋刊